U1007891

缺席的被告

张道余 著

山西出版传媒集团
北岳文艺出版社
BEIYUE LITERATURE & ART PUBLISHING HOUSE
·太原·

图书在版编目（CIP）数据

缺席的被告 / 张道余著. — 太原：北岳文艺出版社, 2018.10（2025.4重印）

ISBN 978-7-5378-5684-3

Ⅰ.①缺… Ⅱ.①张… Ⅲ.①故事—作品集—中国—当代 Ⅳ.①I247.81

中国版本图书馆CIP数据核字（2018）第209280号

书名：缺席的被告
著者：张道余

特约编辑：李　路　吴珊珊
责任编辑：张　丽

封面设计：凉　日
排版设计：西橙工作室

出版发行：山西出版传媒集团·北岳文艺出版社
地址：山西省太原市并州南路57号　邮编：030012
电话：0351－5628696（发行部）
0351－5628688（总编室）　传真：0351－5628680
网址：http://www.bywy.com　E－mail：bywycbs@163.com
经销商：新华书店
印刷装订：三河市同力彩印有限公司

开本：880mm×1230 mm　1/32
字数：140千字　印张：7
版次：2018年10月第1版
印次：2025年4月河北第3次印刷
书号：ISBN 978-7-5378-5684-3
定价：49.80元

CONTENTS 目录

CONTENTS 目录

CONTENTS 目录

千古一吻

这是一个真实而又浪漫离奇的故事。

一支由12人组成的欧洲探险队，进入非洲撒哈拉大沙漠进行探险和考察，已经15天了。根据留存的食物和饮用水量，队长李斯特果断地做出了决定：明天踏上返回的征程。

蒂娜是这支“多国部队”中唯一的女性。她深深地爱着亚瑟，亚瑟也一刻离不开她。蒂娜是在探险队临出发前和亚瑟一道说服了队长，才被特许随队探险的。一路上，她尽管吃了不少苦，身上满是摔打的伤痕，裸露的双臂和脸庞也被火辣辣的太阳晒得脱了一层皮，但她却乐呵呵地对大伙说：“这次探险真是不虚此行，既增长了见识，也磨炼了斗志。”经过磨难的人更懂得珍惜生活，她和亚瑟在途中就已商量好，此次探险回家后，两人就热热闹闹地举行婚礼。

当晚的宿营地选在了一个冷火山口附近。帐篷搭建好后，还余下整整一个下午，李斯特嘱咐队员们可以利用这段时间休整休整，或就近分散自由活动。亚瑟带着蒂娜一道往东南方向漫步而行，观察周围的地物、地貌，不时停下脚步写观察日记。一会儿，一阵大风突然刮起，沙丘上的浮沙开始移动，不断有沙粒扑面而来，眼前已是灰蒙蒙的一片，蒂娜不由得裹紧了衣衫，缩了缩身子。亚瑟赶紧拉着蒂娜的手，两人不约而同地用手遮挡眼帘，向大风吹来的西北方向看去：嗬，可不得了，只见天边已是黑压压的一片，有如千军万马向他们奔来。此时听得队长李斯特在高声叫喊："快快快！一场大风暴就要到来，队员们赶快回到宿营地，保护好我们的器材和饮水！"其实，还没等队长发出命令，富有沙漠探险经验的队员们已感知到即将到来的风暴，早已开始往回赶。此时，沙石打在队员们的身上，大风把队员们的衣服鼓成了一张张帆，队员们行走已十分困难。

大家跌跌撞撞好不容易汇聚到了一起，又一阵更猛烈的大风袭来，气势十分骇人，李斯特赶紧招呼大家："手拉着手，卧倒，聚成一团！"此时单个的人根本不能在风暴中站立，要想逆风移动更是难上加难。队员们紧紧地手挽着手，趴在地上，缓缓地挪动着身子，集聚在一块，才没让猛烈的大风把他们掀上天。

这次特大风暴持续了一个多小时。罡风的鞭子抽打着他们的身体，沙石的利嘴咬啮着他们的筋骨，天空像奔跑着千万头猛兽，耳畔有如山呼海啸般的嘶鸣。队员们的身体已经被击打得生生作痛，口耳眼鼻里已经塞满了沙粒，每隔一段时间，就要挪动一下身体，让覆盖在身上的沙石往下抖落掉，不然就有被沙石掩埋的可能。队员们咬着牙，忍受着肆虐的风暴折磨。一场惊心动魄的风暴终于过去，队员们赶紧站了起来，顾不得满身的泥沙，蹒跚着麻木的腿脚，一齐向着宿营地跑去。

来到先前的宿营地，大伙不禁一惊，一个个都傻了眼：眼前是白茫茫的一片，什么都已荡然无存！不仅没了帐篷，连所有的器材和设备都没了踪影！蒂娜急得哭了起来。面对此情此景，队员们的心情都很沉重，在这赤地千里的沙漠腹地，没有了饮水和对外联络的通信器材，就等于陷入了死亡的绝境。李斯特的心情更是沉重，思索片刻，他当机立断地做出了决定：一部分队员沿着风暴卷走的方向去寻找，一部分队员就地挖掘，只要能找回水箱或是通信器材中的任何一种，他们就有希望逃离死神。

几个小时后，出外寻找的队员无望而归；原地挖掘的队员终于挖出了先前留存的3个水箱，可这3个水箱都已被风暴裹挟的石块击得千疮百孔，里面竟然一滴水也没留下！同时找到了几个通信器材上的零件，却已被严重毁坏，什么用处也没有了。

最后的一点逃生希望都已经破灭。在这生死攸关的严重时刻，李斯特神情严肃地召集上全体队员，商量决定探险队何去何从的大事。李斯特首先谈了自己的想法，他主张就地待援。他分析道，撒哈拉大沙漠有906万平方公里，他们现在所处的位置是沙漠的“纵深腹地”，无论从哪一个方向突围，在缺水的情况下，都是不可能的。所以等待总部救援是最好的解救办法。克里沙等几名身强力壮的队员则不同意原地待援的主张，称这是消极的坐以待毙，是这支勇敢的探险队应该摒弃的。克里沙说，我们朝着沙漠外围跋涉，说不定在途中就能遇到救援队，这就多了一分生的希望。再说，站着死也强于躺着生。李斯特反驳道：“以906万平方公里广袤的沙漠，且是一个盆地连着一个盆地，地形这么复杂，要与救援队相遇，犹如浩瀚的大海里要让两条互相没有联系的小鱼碰在一起，是根本不可能的。大家要明白，在完全缺水的情况下，人的生命极限是150个小时，那还是指在湿润的矿井或是高楼的废墟里。我们现在处的是干燥高热的沙漠，如是顶着日头长途跋涉，体内水分就会消耗更大，坚持不了多久，就会渴死。我们只有减少体内水分的消耗，延长生命，等待救援，这才是最现实和最科学的！”

争来争去，双方意见始终得不到统一，最后李斯特只好做出这样的决定：由克里沙带着2名队员向着救援队可能来的东北方向前进，他领着余下的8名队员就地等待总部救援。李斯特嘱咐大家，此时此刻应做好两手准备，每个人都要把自己要交代的事写成遗嘱留在身上，以备不测。大家都心情沉重地默默做着这一切。留在原地待援的队员为了让救援队能尽快地发现他们，就将火山口的石块搬来，在一块较为平坦的沙漠上摆上了巨大的“SOS”呼救信号。

没有继续收到探险队发出联络信号的总部，觉得情况异常，立即派出了救援搜索队。

5 天后，救援人员几经周折，费了九牛二虎之力，终于找到了倒卧在冷火山口附近的探险队员。救援队发现，探险队员每人都挖了一个小坑，半个身子埋在了沙坑里，以减少体内水分的消耗。救援队员赶紧向倒卧的探险队员扑去，先刨出一人，一检查体征，已经死去多时，遗体失水现象十分严重。再刨出其他队员，也都是早已停止了呼吸。救援队员们怀着沉痛的心情，一共在火山口附近找到了7 具遗体。同时传来了另一支救援搜索队的消息，他们也发现了另外3 名探险队员的遗体，从遗体的失水状况看，这3 名队员确实先于留守在火山口的7 人干渴而死。

后来，救援队又在稍远的地方找到了亚瑟和蒂娜的遗体。与其他队员不同的是，两人紧紧地拥抱在一起，肩靠着肩，头挨着头，嘴对着嘴，热烈而又深情地亲吻着，犹如一对庄严而又神圣的爱神。一对情侣，忠贞相爱，至死都不分离，这是多么崇高而又伟大的爱情！在场的所有救援人员，无不对这对生死不渝的情侣肃然起敬，他们都低下头来，默默地向亚瑟和蒂娜的遗体表达哀思和敬意。

当救援队员抬起他们的遗体往担架上放时，发觉他们的身体还是软软的，有个队员突然发现蒂娜的嘴唇微微翕动了一下，他不由惊呼了起来："他们还活着！他们没死！"

经过一番抢救，亚瑟和蒂娜都活过来了！

一对情侣相拥相吻在高热的沙漠中，历经5天5夜居然大难不死，这不能不说是个生命的奇迹。事后，一名记者采访了这对情侣，问他们在面对死亡的威胁时，当时到底是怎么想的。亚瑟淡淡一笑："能和自己心爱的人死在一起，我觉得没有什么可遗憾的。"蒂娜回答说："倚靠在亚瑟宽广的胸怀里，与他深情地亲吻着，就像徜徉在一片浓荫里，我就觉得死亡也都变得无所畏惧！"

他们带着浪漫色彩的传奇故事在媒体上公布后，立刻在社会上激起了极大的反响，引起了人们广泛的注意。大家特别感兴趣的是，在同样的条件下，其他探险队员都已干渴而死，为什么这对热吻着的情侣能够得以生存？这里面究竟有什么奥秘？

社会学家说，是崇高的爱情给了这对情侣以巨大的精神力量，激发了他们身体内超凡的耐渴潜能，他们才得以大难不死。医学科学家则说，不是"爱情的力量"，而是他们的"相互近面呼吸”方式，由于是嘴对嘴、鼻对鼻的呼吸，彼此吸进的都是对方呼出的湿润空气，从而减少了水分的消耗，延续了生命。

究竟是“爱情的力量”拯救了这对情侣呢，还是科学的“相互近面呼吸”法使他们绝处逢生？两种观点，各竖各的旗，各说各的理，谁也说服不了谁。最后，一位著名的哲学家统观全局，吸纳各家合理的成分，提炼出一个大家都能接受的结论：是他们忠贞不渝生死相依的爱情，让他们在身处绝境的情况下，无意中创造了这种科学的“相互近面呼吸”法，是爱情和科学相结合使他们绝处逢生！施一热吻而救下两条鲜活的生命，这真称得上是在绝境中创造生命奇迹的千古一吻！

游戏未能终止

威尔逊虽然知道，自己最近随时都可能面临被绑架，只不过是一场惊险的游戏，但仍不免有些紧张，时时绷紧了警惕的神经。

威尔逊是菲顿市赫赫有名的房地产大亨，他的个人资产已经累积到了几十亿美元，不仅拥有多处豪宅，还享有私人游艇和个人专用的商务飞机。他经历了大半辈子，该看的看了，该玩的玩了，什么享受都追求到了极致，世界上的奇珍异宝在他的私人博物馆里也收进无数。他渐渐觉得，这世界似乎变得愈来愈平淡无奇了，已经没有多少事物能引起他的兴趣。

前不久，市里新开张了一家蹦极乐公司，公司老板名叫朗特。蹦极乐公司开发的项目很另类，它的服务对象是专门针对那些寻求刺激的人。客户可花钱请公司以暴力的方式绑架自己，其绑架过程可以按照客户的喜好进行设计。蹦极乐公司一开张，生意就十分火爆，前来预约的客户排成了队。威尔逊打听过几位已接受过“绑架”服务的人，他们都回答“惊险、好玩、刺激、过瘾”。威尔逊听后心里痒痒的，不久也与蹦极乐公司签订了“绑架”合同。合同上将客户接受刺激的程度分为轻微、中等、险奇三种，相应的预约绑架的时段也定为5天、10天、15天之内。也就是说，在这个时段里，你并不知道绑架具体在什么时间、什么地点发生，你得时时小心，处处警惕。绑架时，你可以逃避，反抗，甚至打伤绑架人。如果绑架成功，履行完绑架合同后，你就得按规定付给5000、8000或10000美元的酬金。威尔逊是拳击运动员出身，喜欢接受挑战、接受强刺激，他选择了绑架时段为15天的险奇程度的一项服务。

威尔逊千方百计不让蹦极乐公司绑架成功，他并不在乎付出那10000美元的酬金，而在乎绑架时的惊险刺激和成功逃脱绑架时带来的那种胜利者的快感。他考虑好了，如果蹦极乐公司在预定的时段内不能成功地将他绑架，只要是尽够了努力，让他快乐开心，他反而会加倍付出酬金。

进入约定的绑架时段，威尔逊明显地感到身后已有人跟踪，他则带着他的两个助手， 会儿别墅，一会儿夜总会；一会儿天上，一会儿海里，巧妙地东躲西藏，摆脱这些跟踪者。

这天，他登上了他的私家游艇，在碧蓝的近海上游弋。海风徐徐吹来，他躺在甲板上的沙滩椅中，惬意地喝着咖啡，悠闲地晒着太阳。他的两个助手则躲在隐蔽处，密切地注视着海面。他的这两个助手，一个叫亨特，一个叫哈里，实则是两个保镖，外貌看似平平常常，身手却十分了得，三五个人徒手近不了他们的身。一会儿，哈里发现海面上驶来了三艘小快艇，每艘快艇上坐着两个彪形大汉，都冲着游艇驶来，很明显是蹦极乐公司雇佣的人。眼看着三艘快艇已驶近游艇，一艘快艇上的两人已做好了登上游艇的准备，此时哈里突然出现在甲板上，端着一支微型冲锋枪向着他们扫射。不过不要紧，按规定只允许将对方打伤，不能将对方打死，冲锋枪里射出的只是橡皮子弹，不会危及生命。虽是橡皮子弹，却打得6 名来犯者满身皮肉生生作疼，嗷嗷直叫，不一会儿就招架不住，抱着头从海面上逃窜而去。威尔逊看着他们逃走的狼狈相，不由击掌仰天大笑，开心极了。

可是，不一会儿，又从四面八方驶来了十余艘快艇，快艇上的人都穿着厚实的防护服，戴着有面罩的头盔，气势汹汹地直逼游艇。威尔逊一看傻眼了，他赶紧叫亨特将游艇开足马力，躲过快艇的围追堵截，同时向他一位开飞机租赁公司的朋友紧急求援。5 分钟后，一架直升机就稳稳地降落在游艇的顶层甲板上，威尔逊和他的两名助手迅速登上了直升机。好险！威尔逊差点成了对方手中的猎物。看着起飞离去的直升机，已爬上游艇的绑手们气急败坏地大骂。威尔逊坐在直升机上，俯身看着这些仰天兴叹的绑手们，得意地冲着他们哈哈大笑了起来。

进入约定绑架时段的第六天，威尔逊和他的两名助手躲在一处秘密的别墅里寻欢作乐，此时他的手机响了。

“喂，你是威尔逊先生吗？”电话里那头说。

威尔逊感到奇怪：“你电话都打进来了，我怎么会不是威尔逊？”

对方又发话了：“我们已经绑架了你，你怎么不承认自己就是威尔逊？”

“绑架了我？见鬼了吧，我此时藏在哪个地方你们还不知道呢？——呃，你是谁呀？”

“我是朗特的助手。公司的雇员已经成功地绑架了你，你怎么耍赖，却说自己只是威尔逊的替身？”

威尔逊这下算弄明白了，原来是埃尔这头蠢驴，不该他露面的时候他却出来了，难道他也要来寻寻刺激，找找乐子？“对，你们绑架的确实是我的替身，你看我在这里不是生活得自由自在，过得好好的吗？哈哈哈哈！”

对方还是不相信地说：“不，威尔逊，你不能耍赖，你得按合同付给酬金！”

“哈哈，你这猪脑子也不好好想想，威尔逊本人会赖你10000元小钱吗？他的信誉比这值钱多了呢！”

“那你怎样证明我们绑架到的不是你威尔逊本人？”

“我人就在这里，你说怎样证明？”

“这样吧，你到位于曼哈顿的电信局给我们打一个可视电话，我们要在电话里见到你本人，才会相信在我们手中的只是你的替身！”没本事绑架到我竟绑架到了我的替身，威尔逊觉得好笑，也真有趣，他要把这个游戏进行到底，就不假思索地答应了：“好好好，行行行！”

威尔逊马上带着他的两个助手前往位于曼哈顿闹市区的电信大楼。他刚迈上电信大楼的台阶，突然从周围钻出了十多个蒙面的黑衣人，他立即意识到了是怎么一回事，赶紧向后一瞥，呀，两个助手已神奇般地从他身边消失，他惊叹这绑架真是设计得太匪夷所思、出其不意了！真是太新奇、太好玩、太刺激、太过瘾了！面对突如其来的绑架，他还想要要他们，凭借自己以前当拳击运动员时的不凡身手，先撂翻几个黑衣人再说。可是，毕竟年岁不饶人，又三天不练手生，只三拳两腿，他就败了下来，被黑衣人绑了个结结实实。此时周围是人来人往，人们对这种惊险场面已是见惯不惊，以为是在拍电影或拍电视。威尔逊就在众目睽睽之下，被五花大绑，蒙住了双眼，封住了嘴巴，塞进了一辆面包车里，随车绝尘而去。

威尔逊蜷缩在汽车的一角，虽然什么也看不见，他凭借着周围传来的声音和身体的振动，知道汽车已经驶出了市区，渐行渐远，接着在山谷间行驶。汽车绕过一道山弯又一道山弯，走了很久很久，才停了下来。威尔逊像赶猪似的被推下了车，他被两个人连推带拉、跌跌撞撞地拖着走，似乎是经过了一段曲曲拐拐的楼道，最后才停了下来，他被重重地摔在了地板上。这折磨和刺激，已经超出了他所能忍受的范围。

过后，他被解开了绳索，撕掉了蒙在嘴上和眼上的封条。过了一会儿，等眼睛适应了周围光线后，他才看清了押他进来的绑手，一个是满脸凶神恶煞的络腮胡，一个是长着鹰钩鼻的疤脸。他看着眼前两个绑手的凶狠丑陋状，不禁打了一个寒战，要不是预先知道这是一场娱乐游戏，他会吓个半死！经过这一路颠簸，他早已口干舌燥了，对着两人吆喝起来："水！水！"疤脸不屑地瞟了他一眼，给他摔过一瓶矿泉水。

喝过了矿泉水，肚子却饿得咕咕叫了，他许久都没有这种饿的感觉了，忙招呼两人提供食物。络腮胡瞪了他一眼："你当是在你家里呀？"疤脸恶狠狠地训斥："要吃的，没门！我们可不是你的仆人！"

威尔逊没法，谁叫他选择这险奇程度的绑架呢？只能饿得干咽口水。他立起身来观察窗外的环境，周围都是地势险要的崇山峻岭；再探头看看脚下，呀，下面是万丈深渊，深不见底，很明显自己身处一个中世纪遗留下来的城堡里。看来蹦极乐公司为绑架他真是煞费苦心，在这立于危崖之上的城堡里，逃肯定是别说逃不出去了，就是逃出了城堡，也会在这深山密林里迷失路径。如此看来，他只能在这与世隔绝的古城堡里，“享受”他预定的险奇级别的刺激了。

勉勉强强熬过了一天，威尔逊饿得实在支撑不下去了，他只得放下他亿万富翁的架子，求起身边这两个为了少得可怜的酬金而被雇佣来的绑手了：“给点吃的吧，我会加倍付费的！”疤脸阴阳怪气地回答：“付费吗？可以呀！你马上通知你的总经理往我们账户上划款，钱到账后我们就会马上给你吃的！”威尔逊一听说要钱，倒很爽快：“好，我付给你们1000美元，你们这么辛苦，让你们也赚几个赏钱！”谁知两人不但不感恩，反倒惊叫了起来：“什么？1000 美元，你打发乞丐呀？”威尔逊不解了，1000 美元难道还买不了几块面包、几只鸡腿？他生气地质问：“你们究竟要多少？”络腮胡举起一只手叉开了五指：“不多，就5000 万！”威尔逊一听，像看外星人似的，不由瞪大了眼：“什么？5000 万！你们也太异想天开了吧？”络腮胡说：“不是异想天开，是真的要5000 万，一个子儿也不能少！”威尔逊愤怒了：“你这不是敲诈勒索、假戏真演了吗？”疤脸令人恐怖地大笑了起来：“哈哈哈哈！什么假戏真演？我们这是真戏真演！威尔逊先生，识相点，赶快往我们账户上划款吧！”

划款？5000 万？怎么会是这样？在这真假难辨的时刻，威尔逊吓出了一身冷汗，一点也没有享受刺激的乐趣了，他的嘴唇不住地哆嗦了起来：“不，不，你们不能这样做！快还给我手机，我要和你们的朗特老板通话，让他马上给我终止这场危险的游戏！”疤脸说：“朗特老板，什么朗特老板？我们不认识他呀！”络腮胡说：“我的董事长先生，你这是在做梦吧？手机还给你，你好报警啊？”

威尔逊当然不会轻易上这个假戏真做的当，他坚持不给主持公司日常运作的总经理发指令。两个绑手则轮番地开导他：“不就是5000万吗？只是动了你点皮毛，伤不了你的筋骨的！”“威尔逊先生，钱财是身外之物，像你这样显贵的人，保住性命才是最重要的！”已经三天三夜了，威尔逊没得到一点食物进口，甚至连饮水也被加以控制。威尔逊在心里恨恨地骂道：朗特老板这玩笑开得太大了，什么险奇，什么刺激，简直是要人的命！哼，看我回去不找你算账！他的肚子饿得已经贴到了脊背，眼看着他的身体实在虚弱得不行了，别无他法，最后只得按照两个绑手的要求，违心地向总经理发出了指令。

款拨出后，威尔逊就被放了回去。还没等身体完全恢复，威尔逊就气急败坏地找来了自己的律师，要律师代表他到蹦极乐公司兴师问罪。朗特听完威尔逊的律师义愤填膺的交涉后，感到莫名其妙，直呼冤枉。他说，我们对威尔逊的绑架还没有实施，按计划是安排在约定时段的第13天上，现在才开始派出人跟踪呢。他还说，你们也不好好想想，我们只收取10000 美元的费用，怎么可能雇得起十多艘快艇在海上拦截威尔逊呀?这绝对不是我们蹦极乐公司干的。律师当然不相信朗特的辩解，征得威尔逊的同意后，立即报了警。

警方经过3 个多月的缜密调查，证明朗特所述属实。警方说，威尔逊可能是被一个势力很大的黑社会团伙绑架了，他们现在还没掌握到确凿的证据。受了一场惊吓，损失了5000 万美元，还找不到谁诉苦，成了一个活脱脱的冤大头，威尔逊只好自认倒霉。

从此以后，威尔逊对所谓享受惊险刺激的娱乐方式再也没了兴趣。

融化不进蓝天

在大学校园里，罗瑞不仅以她的天生丽质赢得了同学们的青睐，更以她的单纯和率真征服了小伙子的心。许多年轻人都知难而退，唯有亚瑟和汤姆仍不顾一切地向罗瑞发起了强大的爱情攻势。他们两个都是很优秀的小伙子，罗瑞两相比较，左右权衡，最后选择了阳刚气十足的亚瑟。

亚瑟与罗瑞的恋爱关系明确后，汤姆感到十分遗憾，他表示他绝不放弃，仍然是亚瑟强有力的竞争对手。

亚瑟当然得时时防范罗瑞的重心转移，他除对罗瑞呵护有加外，还时时关注着罗瑞的行动，有时甚至限制了罗瑞的人身自由。罗瑞感到很别扭，就对亚瑟承诺道：“你放心好啦，我这个人在爱情上很传统，崇尚东方人那种恋爱婚姻观，忠贞而专一，只要你不做出对不起我的事，在感情上我绝不会背叛你。”看着罗瑞一脸坦诚的模样，亚瑟总算有些放心。

近一段时间，汤姆突然从同学们的视线中消失了。后来有一天，汤姆的父母找到了罗瑞，老两口态度十分诚恳地央求她：“你可怜可怜我们的儿子吧，他得了肺癌，已经晚期了，医生判定只有3个月的活头了。”罗瑞听到这个消息后很难受，忙问自己能帮上什么忙。汤姆的母亲说：“我们知道，汤姆深爱着你，你是他心中的上帝，我们希望在他生命的最后3个月里，你能以未婚妻的名义去关心他，宽慰他，让他了无遗憾地离开这个世界。”这个请求触动了罗瑞心中那根最神圣和最脆弱的神经，她很愿为汤姆献出一颗仁爱关怀之心，但她也有所顾忌。她担心亚瑟会有什么想法，就对汤姆的父母说：“容我考虑一下吧，我会尽快答复你们。”

罗瑞将此事向亚瑟一说，果然不出罗瑞所料，亚瑟坚决反对。他担心道：“以未婚妻的名义去关怀汤姆，你想没想过，万一弄假成真了怎么办？要是汤姆假借生病作为幌子，联合父母一道来骗我们，那岂不赔了夫人又折兵？罗瑞呀，你太幼稚、太天真了，可不能去做这个危险的游戏。”面对亚瑟的说辞，去与不去，罗瑞左右为难了。

后来汤姆的父母找到了亚瑟，向他出示了有医生签名的汤姆的病情资料，在汤姆父母的再三恳求下，亚瑟才勉强答应了这件事。

罗瑞来到了医院，见到了病榻上的汤姆。汤姆面容憔悴，明显地瘦了许多，见日思夜想的罗瑞来看望他，精神一下好了许多。从那以后，罗瑞每天不离汤姆的左右，嘴里没向汤姆说明，行动上却是以一个未婚妻的名义，精心地照料汤姆，尽说些轻松愉快的话来安慰他，鼓励他和疾病做斗争。有心爱的人时时伴在自己的身边，汤姆的心情由阴转晴，脸色一天天红润了起来。

有一天，汤姆突然拉住了罗瑞的手，用像一个小孩那样的眼神乞望着罗瑞："罗瑞，你是不是答应做我的妻子了？"罗瑞心里不由一颤，像揣着一头怦怦乱撞的小鹿，十分矛盾：答应汤姆吧，她忘不了她对亚瑟的承诺，她必须践守这个承诺；不答应吧，汤姆父母的恳切期望，以及汤姆离开人世前的最后一丝愿望，岂不落了空？看着可怜巴巴的汤姆，罗瑞只得违心地点了点头。

汤姆的病情一天天地好起来，竟然活过了医生下了结论的3个月。医生也感到不可思议，一检查，什么肺癌呀？连癌症的影子也没有！医生不由大吃一惊：究竟是怎么一回事？是当初被误诊了，还是爱情的力量，让医学上出现了奇迹？误诊不太可能，当初汤姆的肺癌，可是经过好几个专家会诊下的结论。那么是医学上出现了奇迹？翻遍所有的医学典籍，现代科学也无法解释清楚这种奇特的现象。

汤姆完全康复出院了。他喜滋滋地对罗瑞说："咱们的爱情已到了收获的季节，赶快定个日子，收获这成熟的果实吧！"罗瑞却是心中有苦说不出，只得敷衍道："别急，别急，日子长着呢。"

亚瑟听闻汤姆康复出院的消息后急了，他赶紧约来了罗瑞。罗瑞告诉了他汤姆身体的真实情况。亚瑟说："既然汤姆痊愈了，你得赶快离开他，拖久了容易生事。"罗瑞为难地说："此事须慢慢冷却，断急了恐怕会出问题。"亚瑟不解地问："他会出什么问题？"罗瑞担心地说："太早说的话，汤姆感情上一时会接受不了，对他的打击太大，情绪上产生波动，会影响他刚刚康复的身体。"亚瑟可不依了："你担心汤姆会出问题，就不担心我会出问题？"罗瑞安慰他说："我向你承诺过的事就一定会兑现，你心中有这个底，还担心什么呀？"亚瑟说："我有什么底呀？要是你也参与其中，联合起汤姆全家以及医生共同来欺骗我，我该怎么办呀？"

尽管罗瑞再三向亚瑟解释，亚瑟始终放不下这个心。罗瑞的心中时时受着煎熬，处在两难的峡谷里。一方面，汤姆紧紧催逼，要和她完婚，她不知怎样才能向汤姆解说清楚；另一方面，亚瑟并不理解她的苦衷，甚至还怀疑她真实的感情，她把自己的心都掏出来了，也没能使亚瑟相信。她苦恼透了，恨不能把自己锯成两半，同时满足两个男人的心。

渐渐地，罗瑞躲着亚瑟和汤姆远远的，她怕见到他们。见面该如何相处，她内心没有个底。她该怎么办啊？她随时在问自己。

这天，是亚瑟给她的彻底离开汤姆的最后日子，她只得跟汤姆摊牌了。汤姆知道事情的真相后，不由得瞪大了眼睛："什么？你是在我跟前演戏，用虚假的感情欺骗我，你这么做全是因为我即将死去？要是早知道你是这样，我还有什么活头呀？我还不如立刻去死！"汤姆说着，就要往窗外跳去，罗瑞赶紧紧紧地抱住了他。

亚瑟匆匆赶到了这家会所，准备接罗瑞离开，可刚到地方就看到了两人紧紧相拥的一幕，气愤至极："好呀，我说为什么你们总断不了，原来你早已背着我与汤姆生死相恋，以身相许了！哼，感情骗子！"

罗瑞知道亚瑟是彻底误解她了，她此时纵有千张口也辩说不清了。她看着两个纠缠不清的男人，心里乱成一团麻，鼻子阵阵发酸，一股热流直往鼻腔上冲，心中涌出一阵阵难受。罗瑞咬紧嘴唇忍着屈辱，低着头噙着眼泪跑了。

罗瑞失踪了，亚瑟和汤姆将满城寻遍都找不到她的踪影。后来通过警方进到了她的居室，见到了罗瑞放在桌上的一封信，一封道出了罗瑞真实情感和苦衷的遗书。看过这封遗书，汤姆羞愧难当，亚瑟后悔不迭。善良的罗瑞是被他们害的啊！罗瑞现在在哪里呢？是已经离开这个世界了呢，还是在世界上的某个角落痛苦地徘徊？两个人都投入到全力搜救罗瑞的行动中。

几天后，从另一座城市传来了消息：罗瑞跳楼了，是从摩天大楼第36层跳下去的！从36层楼跳下去，这不粉身碎骨了吗？但警方告诉亚瑟，罗瑞的身体好好的，只是心理上受到了刺激。从36层楼跳下会没事，完全不可能！亚瑟明白，这是警方为了安慰他而编造的善意谎言。亚瑟强忍住心里的悲痛，做好了充分的思想准备，打算在罗瑞的遗体前好好做一番忏悔。

亚瑟匆匆赶到了这座城市，令他十分惊异的是，罗瑞确实没死，静静地躺在医院里接受心理治疗。难道是罗瑞在跳楼之前就被警方挡下获救了，还是其他什么原因？警方把事件的调查结果告诉了他。

罗瑞来到这座城市，选择了帝国摩天大楼作为她生命的结束之地。她登上了快速电梯，抵达摩天大楼的36层。罗瑞肃穆地打开窗户，鸟瞰高楼林立、车水马龙的城市，她在心中默默地祷念：我就要了却人世间的一切恩恩怨怨，化作一缕轻烟，融化在这纯净的蓝天里。再见吧，汤姆！再见吧，亚瑟！我的死会证明我的清白！当她闭上眼睛纵身往下一跳，却突然出现了意想不到的事：罗瑞的身子犹如触到了一团软软的弹簧垫，不但没有急速地往下坠落，反而又奇迹般地被弹回到了原处，衣服被窗钩紧紧地钩住了。她感到万分惊奇，要死也死不成，难道我真是一个罪孽深重的人？就在她悬在空中求死不成、求生不能的时刻，大楼的两位保安发现后迅速赶到，将她从窗外解救了回来。

在保安及随后赶到的警员的开导和安慰下，罗瑞叙述了她自杀的经过。从36层高楼跳下，会被一只神奇的手托回来，令所有在场的人都匪夷所思。但大楼的监控系统摄下的录像，证实了她所说的是真的。

这到底是怎么一回事？一位著名的建筑学专家解释了这个奇特的现象。他分析论证道：当罗瑞往下跳时，其身体恰好被一股反常的上升气流托住。这股气流非常大，不仅能托住罗瑞的身体，而且还将罗瑞送回到36层楼下面0.5米外的宽大窗钩上。据他的测算，这股反常的上升气流是一股时速绝对不会小于40公里的强风，当时正沿着这座400多米高的摩天大楼墙面往上吹，而这时候的罗瑞恰巧给碰上了。罗瑞未能融入蓝天与上帝拥抱，是上天的旨意！

上天将罗瑞送还给了亚瑟，亚瑟向罗瑞表示了深深的忏悔，发誓要一生一世真心地待她。罗瑞也表示，今后无论遇到多大的挫折，再也不会做这样的傻事了。惊魂甫定，两人紧紧地拥吻在一起。

死后复仇

每当乔治走过屋前那片属于自己的树林时，头皮就发麻，心里就掠过阵阵震颤。这片树林里有一株高大的桦树，树干上嵌着一颗子弹，一颗射向他却没把他击毙的子弹。20年了，这颗子弹像钻进了他的身子里一样，时时咬啮着他的心。

20年前，在一个小镇的夜总会里，昏暗的灯光下依偎着一对对年轻人。其中有一对年轻人比其他人拥抱得更紧，女郎像一头温驯的小鹿倒在男人的怀里，怯生生地问："乔治，你能爱我到永远吗？"乔治吃惊地回答："怎么，你还怀疑我对你爱情的忠诚？希罗，我爱你，爱你到永远，我要是不爱你了，会遭天打雷劈，淹死在密西西比河里！"希罗一把捂住了乔治的嘴。过了一会儿，希罗仰起头来仍是颤颤地说："乔治，我怕，我真怕……"

乔治抚着女郎的双肩，亲昵地说："希罗，你怕什么？我恨不得把你含在嘴里，揣在怀里，我的心你还不明白？"

希罗的担心不是多余的，当希罗把自己的一切都献给了乔治，二人经过一阵疾风骤雨般的热恋之后，乔治却渐渐地疏远她了。开始是十天半月能见一次面，到后来是几个月也寻不到乔治的踪影。

一天，希罗苦闷地踱进一家酒吧，独自一人一杯一杯地喝着闷酒，这时，从隔壁包厢里传来了一阵女人的笑声，紧接着一个熟悉的男中音飘了过来："我爱你，爱你到永远，我的心肝宝贝！"咦，这不是和她相爱多年的乔治的声音吗？怎么现在又和另外一个女郎说这样的话？啊，乔治变心了，又爱上了别的女人！希罗想到自己对乔治的一片痴情化为泡影，他的信誓旦旦变得一文不值。她心如刀绞，气愤不过，一头闯进隔壁的包厢，指着乔治的鼻子骂了起来："没良心的乔治，你睁眼看看，她是你的心肝宝贝，我又是你的什么人？"

乔治醉醺醺地站起来，摇摇晃晃地打着酒嗝，喷着酒气："是呀，你到底是谁？啊，想起来了，是希罗，我认识你，我们还一起跳过舞，是不是？来来来，我给你介绍一下，这是雷丝，我的新婚妻子，本地大富豪欧苏的女儿，可有钱了，哈哈哈哈，花都花不完！"

希罗平生没受到过这么大的侮辱，她浑身颤抖，满脸涨红，气愤地冲上前去，给了乔治两个耳光，在雷丝的尖叫声中，迷迷糊糊地跑出了酒吧。乔治变了心，没有淹死在密西西比河，希罗却跳进了小镇附近一条湍急的河里。

希罗的哥哥威尔逊闻讯赶到后，见到的却是妹妹的尸体。他伤心极了，希罗是他相依为命的亲人。还在威尔逊12岁时，他们的父母就离异了。离婚时，父母为两个子女的抚养问题争论不休。

威尔逊看父母争得面红耳赤，全无一点亲人之情，就咬了咬牙，带着8岁的小希罗，离开了狠心的父母，小小的年纪就担负起抚养妹妹的责任。现在妹妹死于非命，犹如剜去了威尔逊心里的一块肉，他发誓要替妹妹报仇。

威尔逊准备停当后，来到了乔治乡间的寓所，一把抓住乔治的衣领说："你这混账东西，我有笔账要跟你算清！"乔治惊恐地望着威尔逊说："我与希罗的事，是得说清。请坐，你放开我，听我给你说！"

威尔逊没有放开乔治，拉着他来到屋前两百米外的一片树林里，这才松开手，用力将乔治往前一推，从怀中摸出一把手枪，枪口对着乔治说："混账东西！现在你有什么鬼话，就对着我的枪口说吧，看我这把枪会不会答应！"

乔治的脸变得煞白，哆嗦着，惊恐地摆动双手解释道："成尔逊，别开枪，我是被迫的啊！你看，我赌博输了钱，债主登门要债，要赶我出门，是雷丝替我还清了债，我与雷丝结婚，也是万般无奈。其实，我与希罗才是真心相爱的，我一刻也没忘记过希罗！威尔逊，你就饶了我一回吧！”

威尔逊冷笑道：“我饶了你，你得问问我手中这把枪，它不会饶了你！很可惜，我妹妹只有一条命，只能死一回，怎么能饶了你！你的谎话骗得了谁？”说着，枪口对准了乔治，扳动了枪机。

随着“砰”的一声，接连后退躲避的乔治血流满面地倒在了地上。威尔逊见乔治已死，妹妹的大仇已报，再没有什么牵挂，就掉转枪口对准自己的脑袋，默念着：“妹妹，等着我，让我来九泉之下好好地照顾你吧！”随即一枪结束了自己的生命。

命运真会开玩笑，不该死的威尔逊兄妹死去了，该死的乔治却躲过了死神。原来，乔治只是被威尔逊的那一枪擦破了脸上的皮肉，流了一大摊血，伤好后留下一个疤痕，并没有大的妨碍。威尔逊射出的那一枪，擦过乔治脸上的皮肉后，弹头深深地嵌进了乔治身后的一棵桦树中。从那以后，每当乔治从桦树旁走过，想着深陷进树干里的弹头，威尔逊那一对愤怒的目光仿佛就在眼前，不禁使他心中发出惊魂慑魄般的惶恐。20年了，这种惊恐的情绪一直笼罩着他，时时搅得他寝食不安，心绪不宁。

乔治终于下定决心，准备除掉这颗嵌有子弹的大树，他决定采取斩草除根的办法。他找来斧头、凿子，在桦树树干的底部凿了一个洞，然后小心翼翼地把雷管放进洞里，接好引线，再把炸药填得满满的。他把爆破线牵到了离桦树50米开外的安全地带，一切准备就绪，他轻轻地合上了电闸。随着“轰”的一声巨响，他看见爆破处木屑满天，浓烟滚滚，大树顷刻间化为乌有。他正庆幸心中结了20年的瘀块终于化解，心患已经除去，突然一颗子弹呼啸着向他的脑袋射来，他还没反应过来，就倒在了地上，默默地死去。

这是谁开的枪？威尔逊兄妹已死去20年了，谁会再替他们报仇雪恨？谁也没有料到，这就是嵌在桦树树干中的那颗子弹，随着桦树“血肉横飞”地爆炸之时，竟从树干中迸了出来，带着威尔逊兄妹20年前的仇恨，不偏不倚地射中了乔治的致命处。

百万富狗

玛丽太太不幸得了绝症，将不久于人世。她没有什么牵挂，丈夫已去世多年，膝下无儿无女，唯一放不下心的是身边这只叫贝拉的爱犬。

她与贝拉相依为命，共同生活了这么些年，已建立了深厚的感情，如今是谁也离不开谁。望着依偎在她身旁的贝拉，她不由担心道，她死后，谁还会像她一样地去关心和照料贝拉呢？贝拉会多可怜啊！唔，不行，得在我闭眼之前将贝拉的一生安排好，将它托付给一个值得信赖的人。

玛丽召来了律师乔治，为她写下一份遗嘱。她在遗嘱中写道，她死后将自己名下150万英镑的财产全部留给贝拉。如谁能领养贝拉，并且能让贝拉过上健康快乐的生活，在贝拉自然死亡之后，就可以继承这笔遗产。为保护贝拉的权益不受侵犯，乔治律师将作为贝拉的监护人。

嗬，一只狗继承了百万英镑，贵妇的爱犬成了百万富狗，这个消息犹如一枚炸弹在人们心底炸响。不一会儿，玛丽太太的电话就热得发烫，前来应聘的人更是趋之若鹜。玛丽和律师经过严格的筛选，最后将目光锁定在詹姆斯和特威两个人身上。两个人领养的理由都很充分，到底选谁好呢？玛丽在护理人员的搀扶下，先去看看詹姆斯提供的条件。

詹姆斯简易的狗舍建在一个小山坡上，里面已经饲养了十多只品种各异的小狗。而专门给贝拉准备的一间狗舍，条件也很简陋。詹姆斯态度诚恳地向玛丽承诺，他提供的这个场地非常接近大自然，很适合动物爱跑爱玩的天性；更重要的是他有一颗热爱动物的心，一定会让贝拉生活得健康快乐。但玛丽只是笑笑，不做明确表态。倒是特威专门为贝拉新建的狗舍让玛丽的眼睛为之一亮：嗬，这狗舍太漂亮了，简直称得上是供顶极狗全方位享受的豪华别墅。除了设施齐全的卧室和厨房外，还有供贝拉玩耍的器械和运动场，供贝拉护理和保健的理疗室，整栋别墅都配有空调不说，还装饰得特别富有狗趣。特威介绍说，他还将雇佣专业的宠物饲养员来照料贝拉的生活，每顿给贝拉吃的是营养套餐，还聘请专门的医生为贝拉定期检查身体。面对这么好的条件，这还有什么可挑剔的呢？玛丽满意极了，放心地与特威签了约。

三个月后，玛丽去世了，贝拉被领到了特威为它建造的狗别墅。贝拉来到了新的环境，仍是怀念主人玛丽，成天闷闷不乐。由于专业护理人员亚瑟对它精心照料，宠爱有加，还变着法子逗它快乐，贝拉的精神才逐渐好起来。不几天，贝拉似乎已经完全融入了新的生活环境，在狗的乐园里尽情撒欢。

医生卡特每个星期两次来给贝拉检查身体，律师乔治不定期地来到狗舍，检查和监督贝拉的生活质量。贝拉就这么无忧无虑地生活着。

一个多月后，问题可就来了。因喂养贝拉的成本太高，每天得花费一百多英镑，一大群供货商、供水、供电等部门都相继找上门来了，要求主人缴纳欠款。特威只得一次次向他们说情，希望能宽限些时日。可这些催讨者都表示要收回资金周转，没有等下去的耐性。

这天，亚瑟向特威反映，贝拉的情绪不对，可能身体出现了问题，特威赶紧通知医生卡特。卡特看过贝拉，说是饲料太精了，贝拉的身体缺少某些微量元素，给它补充些微量元素就行了。从此后，卡特每天都来给贝拉注射一针。但贝拉的身体不但没有好转，反而一天比一天差了。

亚瑟怀疑主人和医生勾结起来搞名堂，他把自己的想法悄悄告诉了律师。乔治很重视这个情况，叮嘱亚瑟一定要注意搜集证据。

六个多月后，贝拉竟死了。亚瑟十分悲伤。亚瑟虽然年轻，但他已是一名养狗专家，经验相当丰富，他接手贝拉时，就推测出贝拉应该还有八年的自然寿命，可是现在只活了半年就突然死了，这里面肯定有鬼。

在律师乔治的主持下，由法医和兽医对贝拉的尸体进行解剖，解剖的结果是，贝拉系正常死亡，玛丽的遗产由特威继承。亚瑟却对贝拉的死因提出了异议。他说贝拉的死是因为注射了过量的微量元素，导致冠状动脉受损，在贝拉奔跑戏玩时，诱发了心脏病而突然死亡。这是医学院的著名教授在给他送去的样品做出的化验报告上所得出的结论。

特威和卡特不同意这种观点，称整个过程都是经律师乔治的同意并在他的严密监视下进行的，尸体解剖也证实属正常死亡，贝拉的死与补充微量元素没有关系。

亚瑟把官司打到了法庭。他在法庭上提供了一份讲话录音，里面有特威与卡特谈到贝拉还需注射多少针才会死去的内容。法官采信了这份讲话录音，结合医学教授所做的结论，认定贝拉系慢性谋杀致死，特威无权继承玛丽的遗产。

当法官宣布玛丽的遗产应该上缴充公时，乔治却发言了：“且慢！”他当即出示了一份文件，是玛丽遗嘱文书的补充条款。补充条款上说，如贝拉非正常死亡，她的财产则由乔治继承。法官接过补充条款，验明文件真实有效，即改判财产由乔治继承。

特威在被告席上气得直打哆嗦地说："乔治，你这个大骗子，给贝拉注射微量元素针是你出的主意，卡特不愿这么做，还是你把他买通的。我原以为你只是想尽快得到遗产的一半，谁知你竟要独吞整笔遗产！"

原来是律师搞的鬼！乔治贪婪的嘴脸和卑劣的手段在众人面前暴露无遗，法庭上一片哗然。

乔治气急败坏，暴跳如雷地吼道："特威，你不要血口喷人！你说我出的主意，还说我买通了卡特，你有什么证据？"

特威泄气了。如今他和卡特都站在了被告席上，他俩说的话还有谁信？气得特威直翻白眼。

"我有证据！"亚瑟嚯地从原告席上站了起来。他又向法官提供了一盒录像带，上面录有乔治收买医生卡特的全部过程。"乔治，你不是叫我注意搜集证据吗？其实为了保护贝拉，我早就在搜集证据了。你想不到吧，贝拉其实没有死，它还健健康康地活着！"亚瑟拍了一下巴掌，就从旁听席的人群中跑出了一只活蹦乱跳的狗，后面跟着的是饲养它的詹姆斯。这会是玛丽太太留下的哪只狗吗？全场所有的人都瞪大了眼睛！

后来经基因库验证，这只狗确实是玛丽留下的那只爱犬贝拉。

这是怎么一回事？原来，贝拉初始发病时，卡特给贝拉看过病后，贝拉的精神就好起来了。可是不知为什么，卡特后来又给贝拉注射针药，贝拉就出现了异常反应。护理员亚瑟对卡特的行为产生了怀疑，就悄悄地拾了一支用过的针药玻管，将里面的残液拿去化验，化验的结果让他大吃了一惊。为了保护贝拉，他从詹姆斯收养的一群流浪狗中，选出了一只与贝拉十分相似的病狗代替了贝拉，贝拉就交由詹姆斯秘密喂养起来。为了唤醒卡特和特威的良知，他曾多次制止他们不要再给贝拉注射这针药了。可是只停了几天，他们又继续注射。其间是亚瑟的朋友帮助他取得了乔治出面收买卡特的证据。

法庭第二次开庭时，大家把目光齐刷刷地投向了亚瑟，认为他是此案中最大的赢家，他将获得玛丽的150万英镑的遗产。可亚瑟却说，贝拉的领养权和玛丽财产的继承权应该归詹姆斯，他是受詹姆斯的委托才来到特威处应聘担任贝拉的专职护理员的。嗬，原来幕后的操纵者竟是詹姆斯！大家不由对詹姆斯的动机产生了怀疑。

詹姆斯对此做出了解释：是的，他应该是玛丽财产的合法继承者，这不能不说是玛丽太太生前的先见之明。“她将遗嘱的补充条款之二给了我，说是如果乔治律师也参与谋害贝拉，她的遗产将由我来继承。”

被告律师却对詹姆斯的举动提出了疑问：“既然玛丽太太那么信任你，为什么当初没把贝拉交给你领养？”

詹姆斯答辩道，道理很简单，玛丽太太是既想让贝拉享受舒适奢华的生活，又对贝拉的安全不放心。

庭审至此，法官将财产继承权判给了詹姆斯，詹姆斯却出人意料地表示他不会接受这笔遗产。他说，他非常热爱动物，是市动物保护协会会员。他已经收养了许多流浪狗，也有能力让贝拉生活得健康快乐。他已郑重地做出决定，将玛丽太太这笔财产捐献给市保护动物协会，用以救助那些无家可归的小动物，让玛丽太太热爱动物的精神能够发扬延续。他还兴奋地告诉大家，贝拉已经怀孕了，将会有更多的小贝拉诞生，贝拉永远与人类相伴，相信玛丽太太的在天之灵一定会非常欣慰。

詹姆斯的义举赢得全场一片掌声。

塑像迷案

故事发生在法国S市。这天，S市警署的西蒙探长接到一个叫弗里茨的市民打来的报警电话，称他的邻居菲利普夫妇，好几个月都不曾露面了，请警署调查一下。西蒙放下电话，立即通知助手送来菲利普夫妇的档案材料。

菲利普是位75岁的老人，他的太太露易丝也已70岁了，老两口有一儿一女，均在国外经商。西蒙忙拨通了菲利普儿女和亲友的电话，结果都没有菲利普夫妇的踪影。西蒙感到问题严重了，就带上两个助手，急匆匆地驱车来到了菲利普的家。

进入菲利普家院门，迎面是一座漂亮的花园。花园中心是一个椭圆形水池，池中立着一尊小天使的雕塑，小天使背部喷出一股水柱，射向空中后向水池四周散开，在水面上溅起了浅浅的水花。花坛里长着名贵的花草，但看得出由于缺乏管理，已经显现出枝残叶败的景象。草坪上种植的绒草，也因几个月没进行修剪，显得荒芜杂乱。草坪中心，有座绿色花岗岩台基，上面竖立着两尊汉白玉雕像。这雕像正是菲利普和他的老伴。西蒙穿过花园，下意识地望了塑像一眼，就和两位助手按响了菲利普家的门铃。

门铃响了好久，没人应声，他们便设法打开了门，走了进去。

老人的客厅和卧室干净整洁，室内的日用品也摆放得齐整有序，只是蒙上了一层厚厚的灰尘。家中显示不曾发生过什么，难道是两位老人外出时遭到了不幸？

西蒙见菲利普家中没什么线索，就拜访了菲利普的邻居弗里茨。

弗里茨告诉西蒙，两个老人生活挺有规律，除每天下午驾车到附近的森林公园里溜达一圈外，几乎是闭门不出，也很少与外人接触。弗里茨又细细想了想，说："在两个老人失踪前曾有个叫皮埃罗的雕塑家来过他家。"

西蒙问："你去过菲利普家吗？"

"去过，他家的花园还是我帮着收拾的。"

"你知道他家花园里的塑像是几时竖立的？"

弗里茨惊奇地说："花园里的塑像？没有呀！三个月前我帮他家剪草坪，只见有一个绿色的基座呀！"

西蒙似乎想到了什么，从沙发上站起来握住了弗里茨的手："谢谢你的合作！"

西蒙和助手重又来到了菲利普家的庭院里，径直走到了两尊塑像前。西蒙问助手："你们看，这两尊塑像是否有问题？"助手说："与照片对照，这塑像塑得挺像的，看不出有什么问题。"

西蒙闪动着眼睛说："问题就出在这太像上。你们知道，我们法国的艺术，也主张写实，不管是绘画、雕塑，首先要求的就是酷似原物。可写实也绝不是自然主义的呀，更不能着意表现出人物的消极面。皮埃罗这个雕塑家我认识，他的作品往往表现出一种理想、一种精神、有一种超脱于原事原物的精神力量。但他塑的这菲利普夫妇俩，就体现不出他的这种风格。你们看，这两尊塑像表现出来的人物形象屈背弓腰，四肢无力，精神不振，似在忍受着什么巨大的痛苦。这就奇怪了，难道这不是他的作品？或者是他在精神极度颓废时创作的？"

西蒙说罢，走近了塑像，用手去触摸菲利普塑像的衣褶，觉得质地粗糙，还略显柔软，不禁皱起了眉头："呀，不对，这是用什么材料塑成的？"他顺势用一下力，竟从塑像上扯下一块衣片，断面上露出了薄薄的衣料。他惊叫道："快，你们看，这不是什么艺术品，很可能是人的尸体！"于是，三个人一齐动手，剥开塑像外面的壳，两具僵硬了的尸体赫然出现在眼前。一辨认，原来就是失踪了几个月的菲利普和他的妻子露易丝。

案情有了重大的突破，他们再度进入死者的屋子进行取证，在一个较隐蔽的暗室里找到了主人的保险柜。保险柜已被撬开，报警系统已被破坏，里面的贵重物品被洗劫一空，很明显这是一桩十分奇特并且残忍阴险的谋财害命案。

凶手是谁？回到警署，他们进行了紧张的论证分析。法医验尸证实死者是因窒息而死，身上无伤痕和被勒的痕迹，死亡时间是三个月前。从茶几上的一个玻璃杯上取得的指纹输入电脑后证实，是雕塑家皮埃罗留下的。

西蒙当即下令，传讯皮埃罗。

皮埃罗矢口否认菲利普夫妇的死与他有关系，并说那个草坪上的塑像不是他所作，而他塑的雕塑还陈列在他的画室里。

西蒙到了皮埃罗家，见到了菲利普夫妇的塑像。只见菲利普昂首挺胸，坚毅、沉着，他一生叱咤风云的企业家风度和饱经沧桑的丰富阅历都从眉宇间显现出来了。菲利普太太则慈祥端庄、雍容大度，俨然一副贤内助的形象。

西蒙暗暗叫道：“对，这才是皮埃罗的雕塑艺术，既是写实的，又揭示了人物的内心世界。”

于是，在皮埃罗的律师的保释下，西蒙也认为皮埃罗作案的证据不充分，就批准假释了。

警署里，西蒙和他的助手被这塑像弄得一筹莫展。这天夜里，西蒙突然接到一个不愿透露姓名者的报警电话，说西区某寓所居住的康斯坦丝太太，好几个月不曾露面了，他一直对此事心存疑问，但又弄不准究竟发生了什么事，刚才有几个人鬼鬼祟祟地进了她家的大门，肯定是去干见不得人的勾当，请求警方速去截获。

西蒙赶紧叫来了五名警察，风驰电掣般地赶到了康斯坦丝太太家门前。这是一幢有着庭院花园的私人豪华住宅，坐落在靠近郊区的两条小街的交汇处。

西蒙察看了地形后，命令三名警察分守在住宅围墙外的三面，一人留下看住大门，然后和助手持着枪警惕地从大门搜索进去。

刚进大门，就听见左侧草坪上传来“嚓嚓嚓”的声音，两人屏住呼吸定睛一看，透过迷茫的月色，只见一个人影弓着身在用铁锹铲土，一旁还有个人直挺挺地站着。西蒙和助手猫着腰悄悄走过去，一前一后突然打亮了手电筒说：“先生，你被拘捕了！”不容持铲者分辩，一副铿亮的手铐铐上了他的手腕。他们回头欲擒拿那站着的人，一看，原来是女主人康斯坦丝太太的塑像。

西蒙当即用手枪柄敲下了塑像的一块衣角，仔细一看：呀，又是一具僵硬的尸体，作案手段与上次菲利普夫妇被害案一模一样，基座的水泥还是湿漉漉的，有刚被抹过的痕迹，很明显，尸体塑像是凶犯们刚刚安放上去的。

西蒙和助手们在院内搜索起来，可是整个宅院都搜索遍了，也不见其余罪犯的踪影，只在草坪一角，发现了一把铁锹和一把小灰铲。

西蒙等人又进入康斯坦丝太太的房间，经仔细搜查，康斯坦丝太太保险柜里的贵重物品已被洗劫一空。

西蒙等人将嫌犯带回了警署，连夜进行审讯。

此人叫戴维，是个二十七八岁的年轻人，他睁着一双迷惘的眼睛，缩着脖子，一副衣冠不整的样子。

西蒙问他："你们是什么时间杀害康斯坦丝太太的？"

戴维像踩着一条响尾蛇似的惊叫起来："杀死康斯坦丝太太？什么呀？哪儿有的事？"

当西蒙让他交代他的同伙时，他更是苦着脸，一副莫名其妙的神色说："我……我……我哪来什么同伙呀？我真的什么也不知道，什么谋财害命，把我也弄糊涂了！"

在西蒙连珠炮式地追问下，戴维哆哆嗦嗦地说出了事情的真相。

原来，戴维是一个失业的工科大学生，这次他是随着度假的人流驱车到了海边。可是没玩几天，囊中便空空如也，只得驱车往回赶，再谋挣钱糊口的生计。

当他进入S市市区时，已是深夜，大街上见不到一个人影。

戴维见一家豪华的住宅院门大开，就突然萌生了一个顺手牵羊发笔小财的罪恶念头。于是，他把车往路边一靠，就贸然闯进了大门。哪知他的行动惊动了另外几个更为隐蔽的人，待他一走进大门，就听见不远处草坪上“嚓嚓”的声音突然停止了，紧接着从墙角处“嗖嗖”蹿出了几条黑影。他在吃惊之余，立即明白了这也是一群像他一样想发点横财的人。但他觉得奇怪，这些人为什么不去室内发财，却在这草坪上干什么呢？借着朦胧的月色，他看见了草坪上的铁锹以及塑像前翻开不多的泥土，他当即断定：这伙人一定是摸准了这家主人在此塑像下埋有财宝，所以趁主人不在家时来挖取这财宝。现在自己进来了，还把他们吓跑了！戴维这么一想，不禁暗自高兴：他们能发横财，我为什么就不能？于是，他也拿起了铁锹在塑像底下挖了起来。哪知才挖了几锹，发财梦没有实现，却成了“谋财害命”的罪犯。戴维说到这儿，痛苦地摇着头，“呜呜”哭了起来。

戴维的交代，西蒙是似信非信。因为在勘察犯罪现场时，他们的确发现了另一辆中型卡车在康斯坦丝太太门前停留和仓促逃走时留下的痕迹，而戴维留下的那辆小轿车是装不下这么多人和死者塑像的。

第二天，西蒙探长就向新闻界透露：市民们关心的尸体塑像一案已见分晓，杀人凶手已被抓获，雕塑家皮埃罗先生无罪释放。这个消息随着电视和报纸很快就传遍了全市。

皮埃罗先生接到无罪释放的通知后如释重负，心情和精神一下子又好起来了，他要重新投入他所热爱的雕塑工作。这天夜里，皮埃罗在工作室里全神贯注地修改一尊塑像，几乎忘记了周围的一切。突然，他的嘴和鼻子被一团软软的织物严严捂住，手臂也被紧紧挟持，他意识到是遇上了入室行凶的歹徒。怎么办？他已感到呼吸困难，心中憋闷得难受。一急之下，他用尽全身力气来反抗，也许是雕塑家长期工作练就出了手上功夫吧，他挣脱了歹徒的束缚，顺势扯下了罩在口鼻上的堵塞物，扭过头一看，见是两个面目狰狞的家伙。两个歹徒见捕获的猎物从手中滑脱，煮熟的鸭子要飞了，哪肯罢休，气势汹汹地又向雕塑家扑了上去。皮埃罗操起身边的一把雕塑刀挥舞着，巧妙地利用屋子里的地势且战且退。但他毕竟是个六十多岁的老人，终究不是两个年轻力壮歹徒的对手。两个歹徒一拥而上，夺过了雕塑家手中的雕塑刀，把他摁在地上，一团堵塞物重又紧紧地封严了雕塑家的口鼻。此时，皮埃罗先生已无力反抗，眼看着呼吸越来越困难，渐渐不行了。

就在这危急之时，突然响起了一阵急促的门铃声，两个歹徒惊得赶紧松开了手，翻墙逃走了。

摁响门铃的是雕塑家的助手沙邦，他是来取忘记在这里的他家房门的钥匙。沙邦按了好一会儿门铃见没人开门，再看看皮埃罗的工作室里灯光仍然亮着，他不放心，担心皮埃罗先生发生什么意外，就翻过围墙，进入皮埃罗的屋里。见满室杂物横陈，一片狼藉，皮埃罗先生瘫倒在工作室的一角，脸色蜡黄，口和鼻被一块特制的堵塞物罩得严严的。沙邦赶紧上前揭开了堵塞物，立即拨通了市急救中心的电话，接着报了警，回过头来抓紧时间给皮埃罗先生做人工呼吸。

待急救车赶到时，皮埃罗先生已经缓过气来，救护人员看看没事，给他注射了两针辅助治疗的针药就走了。紧接着西蒙探长和助手也赶到了，他们详细地察看了作案现场后问道："皮埃罗先生，你能回忆出两个歹徒的相貌特征吗？"

皮埃罗十分有把握地说："能。"边说边叫助手沙邦取来了一团塑泥，放在雕塑板上，只半个小时的工夫，就塑成了两个歹徒的头像。西蒙忙拍了照，带着塑像，告别了皮埃罗先生。

西蒙回到警署，根据皮埃罗先生的塑像提供的特征，从档案中很快就查到了两名凶手的情况，并立即发出了逮捕令。

凶手很快就被抓住了，一个叫舍奈，另一个叫奥托，但他们只承认进入皮埃罗先生的家里是为了盗财，并不想杀人，而且就这么一次，矢口否认其他犯罪事实。

西蒙威严地逼视着两名凶手，用不容置疑的口气说："别再装了吧，舍奈先生，奥托先生，你们的杀人惨剧演到这里该结束了。不要忘了，你们对菲利普夫妇、康斯坦丝太太和皮埃罗先生的谋害手段是一模一样的。是的，你们的计划很周密，行动又十分谨慎，谋财害命后几乎没有留下痕迹。可是再狡猾的狐狸也会露出尾巴，你们在现场却留下了一种特殊的气味，一种人的嗅觉器官察觉不了，而先进的电子仪器却能分辨得出的气味，在皮埃罗先生的家里出现的这种气味与前两个现场出现的气味完全一样，这种特殊气味就来自于你们秘密制造的可以使人窒息而死的口鼻堵塞物。你们应该清楚，你们制造了多少个这样的堵塞物，是不是每次行凶后都销毁了？”接着助手们出示了两件一模一样的浸泡了特殊药液的尼龙织品堵塞物，舍奈和奥托见状顿时脸色煞白，豆大的汗珠从脸颊上滚落了下来。

舍奈和奥托在无可辩驳的证据面前，终于低下了头，交代了他们的犯罪事实。

原来，舍奈和奥托是两名未能进入高等学校学习的无业青年。他们自小失去家庭的温暖，离开学校后，常和一群流氓混在一起，酗酒、赌博、打斗，滋生各种事端。他们见别人大把大把地花钱，出入高级娱乐场所，参加各种豪华聚会，顿生羡慕之心。后来又染上了毒瘾，更感到手中无钱日子不好混，于是就千方百计地弄钱。他们先是合伙拦截一些路人，但所获财物不多。于是，经过精心策划，他们把抢劫的目标对准了那些年老富裕而又与子女分开居住的老人。

菲利普夫妇是他们下手的第一对受害者，这两个年迈体弱的老人，几乎没有力气反抗就窒息丧生。

舍奈和奥托抢劫了保险柜的贵重物品后，将菲利普家的现场整理得一丝不乱，给人留下这里什么也不曾发生过的假象，然后趁着夜色，将两个老人的尸体偷运出城，抛向了群山僻静处的一个人迹罕至的深水潭里。

两个月后，他们重又来到那里，为的是看看两具尸体是否已经腐烂。谁知两具尸体不仅没有腐烂，还被裹上了一层约一厘米厚的石灰质，宛若两尊汉白玉雕像。

原来这里是喀斯特地貌，潭中的水含过量的石灰质，石灰质一层层地附在尸体上就形成了尸体防腐的保护层。

他们灵机一动，干脆将两具尸体捞起，运回菲利普家的草坪上，竖起了两尊惟妙惟肖的塑像。他们认为这样神不知鬼不觉、天衣无缝的作案手段，任何高明的警探也无法查明。

事情过了好几个月，他们见确实无事，不禁暗自高兴，于是又如法炮制，谋杀了康斯坦丝太太。虽然在竖立康斯坦丝尸体塑像时被人吓跑了，但事后听说杀害康斯坦丝太太和菲利普夫妇的凶手已经抓到。他们暗自嘲笑警署的无能，谁知却陷进了西蒙探长欲擒故纵的计谋之中。

两次得手，使他们更加肆无忌惮、得意忘形，于是又寻到了第三个作案目标。

轰动一时的塑像迷案终于真相大白，盗窃未遂犯戴维交送法院审理，杀人凶手舍奈和奥托默默地在铁窗内数着痛苦的日子，等候着法庭的最后判决。

一嘴打尽

中午时分，市警局汤姆逊探长突然接到了摩尔的报警电话，说他的老朋友约翰家可能发生了凶杀案。摩尔是警局退休的老警察，有很丰富的侦破经验，汤姆逊十分敬重他。接到报警后，汤姆逊立即带领4 名警察赶到了位于第54 大道267 号的约翰家。

果然如摩尔所料，约翰家发生了惨不忍睹的凶杀案：老约翰一只手断裂，嘴角流血，蜷缩着侧卧在客厅的沙发旁；约翰妻子玛丽眼珠爆裂、面目全非地仰躺在屋角。贮藏室的保险柜大开，里面存放的贵重物品和有价证券被席卷一空。触及现场，汤姆逊连声地呼叫：“糟了，又遇到老对手了！”这是怎么一回事？原来此前本市曾先后发生过6 起未破的悬案，它们都有这么些共同的特点：现场没有门窗被撬的痕迹，说明嫌犯是能以正当理由进入室内的人；他们选择的都是些年老体弱而富有的老人作为犯罪对象，每次都是残忍地将老人杀害，给查证带来极大困难；这些嫌犯作案手法十分狡猾和老练，现场不仅不会留下脚印和指纹，甚至连一根头发丝都难找到。警方曾绞尽脑汁，抓到过一些嫌犯，但终因证据不足，最后不得不释放了。这一系列未破的悬案令警方十分头疼和难堪。

从死者的体征看，死亡时间应该在12小时以上。汤姆逊不解地询问应邀前来一同参加破案的摩尔："摩尔先生，据我推测，约翰夫妇是昨晚遇害的，你怎么此时才报案呢？"

摩尔悲戚地说："这都怨我，昨天到温泉度假村去消闲了一天，今天中午才赶回家里。回到家后，我做的第一件事就是听录音电话中有没有留下什么重要的事情需要我去做。一拿起电话，就传来了约翰夫妇惊恐的呼救和斥骂声，还伴着激烈的打斗声，我就判定他家准是出事了，所以就立即报了案！"

汤姆逊一听到这里，一下来了精神："有凶杀现场的录音？太好了，等会我们一起去你家里！"

他们继续搜查室内各处，在厨房里发现有一只奄奄一息的鹦鹉躺在地上。鹦鹉听见有人来，翅膀轻轻地翕动了一下，眼珠一转，似乎要抬起头来，头刚微微动了一下，又耷拉了下去，鹦鹉已是命悬一线。摩尔见状，赶紧躬身上前小心翼翼地捧起了鹦鹉。只见鹦鹉身上的羽毛已变得稀疏凌乱，瘦小的身体上血迹斑斑。摩尔对汤姆逊说："这是老约翰夫妇生前最亲密的朋友，老两口给鹦鹉取了个好听的名字，叫瑞德玛什，就是红嘴的意思。红嘴真是张好嘴，成天逗得主人乐呵呵的。老两口因为生活孤寂，先后养过猫和狗，这只鹦鹉已经跟随主人共同生活了8年，与主人感情深厚，朝夕相伴！”摩尔又回头对着手中的鹦鹉说开了：“啊，瑞德玛什，太可怜了！你如今成了孤儿，跟我一道回家去吧！”

摩尔领着探长汤姆逊一起到了他的家。他将受伤的瑞德玛什交给了妻子，叫她赶紧送到宠物医院去救治，并凑在妻子的耳朵前小声地嘀咕了几句，妻子听后点头走了。摩尔回头摁下了电话机上的免提键，接着又按下录音回放键，电话里立即传来了激烈的打斗声、惊恐的尖叫声、撕心裂肺的呼救声，一闭上眼睛，仿佛就能再现出当时那个恐怖的场景。反复回放了3次，汤姆逊和摩尔都在一片混乱声中，分辨出了老约翰发出的一句哀怨的哭诉声：“乔治，我平时待你不薄，你为什么要这样对我们啊？”

这可是个重要的证据！立即拘捕了乔治。在审讯室里，乔治昂着头质问汤姆逊：“凭什么抓我？你有什么证据？”

约翰逊威严地回答：“当然有证据！不过我们还是先给你一个老实交代的机会！”乔治是不见棺材不掉泪的主，他当然不会轻易“老实交代”了，汤姆逊只得放了电话录音说：“就先拿出一点证据给你听吧，你要再不老实交代，没有你好果子吃的！”

乔治一听录音，先是吃惊，继而镇定下来狡辩：“怎么能肯定他嘴里叫的乔治就是我呢？这世界上叫乔治的难道就我一个人？”

汤姆逊冷笑道：“好，你听听，再仔细地听听，那里面大喊着‘不要命的老东西’的那人是谁？”

乔治乜斜着双眼，抵死不认账：“是谁？当然不是我了！”

汤姆逊说：“你不承认也没有关系，我们通过科学的技术鉴定，那声音就出自你这张嘴！”

乔治愤愤不平地吐出了一句：“哼，伪科学！”

汤姆逊转过话题，继续审讯：“现在要你交代的是，你的同案犯都有哪些人？”根据现场勘查，从地上留下的脚套迹印看，凶手应该有三四人。

乔治又歪咧咧地昂起了头：“同案犯，什么同案犯？我一人做事一人当，要杀要剐由你们！”

乔治一副死猪不怕开水烫的顽固态度，审讯又陷入了僵局。

汤姆逊有一个问题弄不明白，老约翰夫妇在遇到歹徒入室威胁到生命的危急时刻，他们怎么有可能打电话向摩尔求救呢？如果有机会向摩尔求救，那么首先就应该向警方报警，他们怎么会舍弃警方而选择朋友呢？汤姆逊带着这个问题请教了摩尔。摩尔说，这个问题，他也在琢磨，现在还没个结论。他现在要告诉汤姆逊的是，瑞德玛什身上的血迹，除了它自身受伤后流出的血之外，还溅有人的血液。他在让妻子送瑞德玛什去医院时，就嘱咐了妻子，要医生认真提取瑞德玛什身上的血样。

这又是一条重要的线索！立即化验所提取的血样。根据DNA实验，排除了是老约翰夫妇身上的血的可能，那么这个血样一定是罪犯身上的了。这又提出了一个问题，从凶杀现场看，老约翰夫妇根本无力反抗凶残的歹徒，不可能致使歹徒受伤流血。那么留在瑞德玛什身上的血迹，很有可能是瑞德玛什在主人遇到危难之时，愤然挺身而出，拼死保护主人，勇敢地飞扑到歹徒的身上，狠命地往歹徒的脸上啄去，致使歹徒受伤流血。果真，从宠物医生提取血样的记录上得到了证实：这个血样就取自瑞德玛什的嘴喙周围。瑞德玛什真是好样的！

汤姆逊通过电脑检索留存的档案，血样的DNA与一个叫杰克的DNA相吻合，杰克作为犯罪嫌疑人被抓进了警局。

杰克，27岁，混血人种，为煤气公司管道维修工。进警局时，脸上被啄的伤口刚好结痂。在确凿的证据前，他不得不承认约翰家的凶杀案是他所为。但他也像乔治一样，拒不交代其他同案嫌犯。直到与乔治碰了面，再没狡辩的余地，他才满不在乎地说：“既然已经抓到了乔治，还问我干什么？明知故问！”要想再撬开乔治和杰克的嘴，就非常困难了。案情的进展再度陷入僵局。

半个月后，摩尔带着康复后的瑞德玛什找到汤姆逊说：“电话求救的答案找到了！”

“是谁拨打的电话？”汤姆逊急切地问。

“走吧，一起到约翰家去，有人会告诉你！”

两人一起来到老约翰家，摩尔走到电话机前，刚要伸手拿起话筒打电话，只见站在摩尔肩上的瑞德玛什嗖的一下飞到了电话机旁，朝着免提键啄了一下，接着又向一个储存着电话号码的存储键啄了下去，电话里立即传来了一个女人的声音：“喂，哪一位？我是摩尔太太……”

汤姆逊惊喜地问：“摩尔先生，你是怎样发现求救信号是瑞德玛什发出的？”

摩尔说，他开始也没往这方面去想。后来瑞德玛什康复后，有一次他刚要打电话，瑞德玛什一下就给他把免提键啄开了。这一啄啄开了他的思路，他联想到他过去曾在家里接到过一个奇怪的电话，像是约翰太太的声音，又有些含混不清，反反复复的就是这么一句：“约翰病了！约翰病了！”他赶到约翰家，果然是约翰的心脏病犯了，他当即采取了急救措施，接着赶紧将约翰送进了医院。令他不解的是，在整个救治过程中，约翰太太始终没在场。摩尔猜想，莫非是老两口闹矛盾了？碍于情面，摩尔没好把这句话问出口。现在看来，那次电话求助很有可能也是瑞德玛什所为。

摩尔和汤姆逊都注意到了，刚才瑞德玛什所啄的两个键上都贴有红色不干胶，很明显，这是主人为了帮助瑞德玛什更准确地找准目标而贴上去的。可以看出，是约翰夫妇的精明，再加上瑞德玛什的聪明和灵巧，经过长期的训练，才培养出瑞德玛什这一特殊本领的。但约翰夫妇生前犯了一个致命的错误，他们为什么不给警方的报警电话也预设一个存储键呢？

过了不久，摩尔又带给汤姆逊一个更大的惊喜：他交给探长一张照片，照片上拍摄的就是老约翰夫妇被害现场的情景，凶手中除了乔治和杰克外，还有另外两个人。汤姆逊惊愕得合不了嘴，忙问："这照片是怎么来的？"摩尔说："回头再告诉你，先把漏网的两个嫌犯抓起来再说吧！"

汤姆逊按图索骥，很快就将另外两名嫌犯抓捕归案，其中一个是供电公司的电工，一个是物业公司的物管员。警察从他们的住处搜出了大批的赃物，其中就有前6次被盗案件中的珍贵物品。至此，这一系列令警方头疼的入室抢劫凶杀悬案终于告破，让警方和市民长长地舒了一口气。

事后，摩尔向汤姆逊探长介绍了这张照片的来历。

开始，摩尔当然不会把这桩案件同什么照片联系起来了。有一天，他思念亡友约翰，就找出了约翰送给他的一张照片。这张照片是约翰夫妇在客厅拍的一幅生活照，有趣的是，瑞德玛什也俨然成了约翰的家庭成员，亲密地站在约翰的肩头，将头贴在了约翰的脸颊上。本来，人与动物的亲密接触，这也没有什么特别引人注意的地方。可是，就在摩尔对着这张照片沉思时，瑞德玛什却兴奋地叫了起来：“照相！照相！我要照相！”接着绕着满屋飞了起来，似乎在寻找一个落脚的地方。瑞德玛什的异常举动，引起了摩尔对照片的进一步注意。他在反复研究了照片后，终于发现了端倪：约翰夫妇除他摩尔外，基本上没有与其他朋友往来，这幅拍自客厅的夫妻合影，很可能是使用了自拍装置；从照片的画面看，镜头不是平视，而是一定角度的俯视，夫妇俩年岁那么大了，怎么可能冒着危险登高去按快门？既然现场没有第三个人，难道会是瑞德玛什所为？

有了这个念头后，摩尔通过反复实验，发现瑞德玛什确实喜欢照相，果真会用嘴去啄相机的快门。只要主人预先按下自拍装置，瑞德玛什自然就可以完成自拍的动作了。但要在什么样的指令下，瑞德玛什才会去啄放在高处相机上的快门呢？又经过许多次的模拟实验证实，只要主人喊出“瑞德玛什，上！”的话语，瑞德玛什就会立即飞去啄开放置在高处相机的快门。发现这个秘密后，摩尔展开了联想，进行了合理的推理，满怀着希望，再一次来到约翰家，终于找到了一部置于高处，可以通过简易的机械装置而上下移动的相机，从相机中取出了一卷已拍摄了一半的胶卷，就得到了这张照片。

又是这只红嘴鹦鹉立下的功劳！汤姆逊探长不由啧啧称

奇。约翰夫妇完全没有料到，他们苦心训练的鹦鹉，会在他们惨遭不幸之后，为他们报仇雪恨。瑞德玛什这神奇的一嘴，将 4 个罪恶累累的罪犯全部啄进了网里。

数字之谜

毕业典礼刚结束，乔治深爱着的姑娘珍妮就约他到市郊树林旁的小河边散步，说有要事与他相商。乔治深情地注视着美丽可爱的珍妮，点头答应。

乔治是一个孤儿，父母在他5 岁时就遇车祸双双身亡。他是在舅舅的抚养和资助下，从小学读到了中学，一直到这所著名的帝国大学生物系毕业。他酷爱学习，各科成绩都十分优异，尤其对生物学产生了浓厚的兴趣。他钻研学术专著时，常常到了旁若无人的地步，并且极其认真地做好笔记，一边采撷吸收书中的精华，一边提出对著作中的疑问。同学们夸他看书的目光是力透纸背，戏谑地称他为书痴、书迷。

珍妮是他大学里的同学，两人已经相依相恋3 年了。珍妮的父亲是一个奶牛场的场主，他知道女儿处的对象是一个穷困潦倒的大学生后，坚决不同意。珍妮却倔强地向父亲表示非乔治不嫁。父亲没办法，只好向女儿做出了妥协：“你要嫁给他也可以，但乔治必须有一栋价值50 万美元以上的小别墅和10 万美元的聘金，不然这事就没门！”女儿见父亲提出这么苛刻的条件，不解地反问：“这是为什么呀？”“为什么？为了你将来能过上像人的日子！你没想想，这么一个没有任何家产的穷学生，你如果跟了他，去喝西北风呀？”珍妮父亲的用意很明显：提出一个乔治根本办不到的条件，就是要让两个年轻人不切实际的幻想破灭。

可是，珍妮太爱乔治了，她的生活中不能没有乔治。她约乔治出来，就是向他提议，现在两人都大学毕业了，不再有学习上的牵挂，他们一道私奔，远远地离开家，到一个她父亲不知道的地方，即使受苦受累，粗衣陋食，只要两人日夜相亲相爱地厮守在一在，她也乐意。

乔治很为她的真情所感动，他冷静地考虑了一会儿，然后摇了摇头说：“珍妮，我的心肝宝贝，这么做不妥！不管你父亲怎样待我，但他是爱你的，我们这样做对你的父亲伤害太大了！这对他不公平。好珍妮，你就耐心地等等我吧，我答应你父亲提出的条件，一定堂堂正正地前来娶你！请相信我，爱情会给我巨大力量的！再说，我主攻的生物学现正渐入佳境，已到了出成果的临界点，我要在帝国人学继续修完研究生课程，我相信我一定能在生物学研究上取得突出的成绩。”珍妮注视着乔治英俊坚毅的面孔，眼里噙着幸福的泪花，扑在了乔治的怀里说："乔治，我听你的！"

乔治一门心思投入到了他的学习和研究上。这天，乔治在市图书馆看一本名为《生物变种遗传基因的研究》的书，这本书他已经反复看过五遍了，每一遍都有新的体会和感受。今天，他看这本书，有一种异样的感觉，仿佛在混沌的黑暗中，突然洞开了一扇窗户，透出了一片明媚的阳光。可这感觉在瞬间又突然消失了。他揣摩着自己的直觉，缓缓地合上了书，闭上眼静静地思索了一会儿，又打开书仔细地翻看。可不是，在书中多处出现的阿拉伯数字中，有9个数字下面，确确实实有一滴很微小的墨迹，如果不留心注意，很不容易发现。这些数字下的墨迹意味着什么？是先前阅读此书的人留下的，还是印刷过程中版面不清洁的印迹，或是作者有意为之，想告诉阅读者一个什么秘密？或许，它是在给我一种什么样的启示吧？乔治是一个有心人，他把书中留有墨迹的数字，按在书中留下的先后顺序组合起来，就成了976312867。976312867，976312867，他冥思苦想，反复琢磨着这个数字，却始终没弄清楚是什么意思。

乔治是一个做学问不穷其究竟誓不罢休的人。带着这个疑问，他通过发电子邮件，向国内外的亲友和同学请求帮助，请他们在各自当地的图书馆里，查查有无这本书。如有这本书，就按他所提供的页码查看数字下面有无相同的墨迹。20 多天后，他发出的电子邮件陆续有了反馈信息，在世界各地20 多家图书馆里，只有3 家存有这本书，但令他惊喜的是，书中都有相同的印迹。他乘胜追击，拿着这本书找印刷专家鉴定，看是否是印刷过程中出现了问题。专家明确地回答：不是！并且十分肯定地说，这是人为地用笔尖点在纸上的痕迹。

乔治通过继续调查，了解到这本书是新知识出版社 1928 年出版的，作者是圣保罗大学的教授汤姆逊。此书出版时，汤姆逊教授 61 岁，3 年后因病逝世。乔治还了解到，此书仅印刷了一次，印数少得可怜，仅为 360 册，现今各图书馆保存的是这第一版仅存的 10 多本，足见他有幸读到的这本书是多么的珍贵。

让他感到欣喜和振奋的是，他的执着探寻终于有了结果。在专家和警察局电脑的帮助下，这组号码最后被确定为洛哈基市米兰奇银行地下保险库中若干个保险箱中的一个密码，并在这个地下保险库中找到了汤姆逊教授的名字。乔治想，保险箱里存放的一定是汤姆逊教授未经验证，并且尚未宣示于人的科研成果。手持这组密码，他将是除汤姆逊教授外，第一个接触到这项科研成果的人。他一定要继承汤姆逊教授的遗志，将教授未竟的研究项目进行到底。

这天，乔治在珍妮的陪同下，神色严肃地来到了这个保险库，在管理人员的帮助下，找到了汤姆逊名下的保险箱，用这组密码顺利地将保险箱打开了。令人颇感意外的是，保险箱中并没有什么研究成果，而只有一封用蓝色丝绸包着的信。这封信记录了汤姆逊教授默默无闻和辛酸坎坷的一生。

原来，汤姆逊教授是一个把毕生精力都致力于学术研究的学者。他常常是泡在图书馆和实验室里，潜心钻研，刻苦实践，心无旁骛地沉醉在他心爱的科学研究上。为此，他的妻子离他而去，孩子也不幸夭折。痛苦与磨难之中，最让他感到欣慰和自豪的是，这本凝聚着他几十年研究成果和几乎是毕生心血的学术专著《生物变种遗传基因的研究》一书终于出版了，他料想一定会在学术界引起极大的轰动。谁知专著出版后，世人的态度却是十分冷淡，学术界也漠然置之，加之印数极少，他的著作犹如掉进了一个冰窖。

一腔热情不被人理解，汤姆逊教授黯然神伤，独自饮泣。悲戚之余，他突发奇想，做出了一个大胆的决定：我的著作在世时遭人冷落，我去世后也要替它寻找到知音。于是，他在所有的第一版书中的9 处地方，在9 个阿拉伯数字的下面，亲自用墨笔尖点上一小点墨迹，这些数字连起来就是这个保险箱的密码，如果有喜爱这本书的人发现这个秘密，他将把存放在这家银行的58 万美元的遗产赠送给这个人，以感谢这个人的知遇之恩。汤姆逊在信的末尾庄重地签上了自己的名字，时间是1930 年4 月5 日。在信封里，还有一张银行的提款单和其他的相关证明。汤姆逊当年存入的58万美元，距今已是70余年，本息累计已高达500余万元之巨！

乔治欣喜万分，他激动地一把抱着珍妮，飞快地旋转了起来。吃水不忘挖井人，获得这笔巨款后，他首先做了三件事：第一件是设立汤姆逊生物奖，对那些在生物基因研究方面做出突出成绩的人给予奖励；第二件是建立一个以汤姆逊教授命名的生物研究所，由乔治亲自出任所长，完成汤姆逊教授未完成的事业；第三件是再版1万册《生物变种遗传基因的研究》，将汤姆逊教授献身精神的事迹写在再版后记里，以激励后来者向汤姆逊教授学习。当然，天道酬勤，书痴、书迷终于有了好的回报，乔治和珍妮也如愿以偿，幸福地携起了手，举行了一个热烈而隆重的婚礼。

缺席的被告

黄昏，美国西部的一个偏僻小镇上，街道上冷冷清清的，夕阳给两旁建筑的顶端抹上了一层金灿灿的光辉，狭长的街道却显得有点昏暗。街道的一旁，一辆轮椅缓缓地前行，轮椅上坐着一位少女。少女穿着一身式样和颜色与她年龄不太相称的衣服，给人一种老气和落伍的感觉。漂亮的脸蛋儿苍白中略显瘦削，一双忧郁的眼睛似有无限的心事。少女用双手拨动着轮椅，艰难之中露出无可奈何的神情。

少女名叫莉莎，才17岁。一年前，她因一次偶然发生的车祸，摔断了腰椎，住进镇上的医院。医院从大地方请来一位高明的医生，给莉莎做完复位手术后，把她交给了该院的布朗医生进行后期康复治疗。经过半年的精心治疗，布朗医生在特制的病床上给莉莎打开了固定复位的石膏，认真地进行拍片等项目的全面检查后，俯下身来拍拍莉莎的肩头："莉莎小姐，祝贺你，你的腰椎愈合得很好，你又可以重新站立起来了！"莉莎紧锁的眉头终于舒展开来，欣慰地笑了。女护士搀扶她起来试试，手刚接触到她的受伤处，她就惊叫起来："哎哟！哎哟！不行！"布朗医生亲切地鼓励她，给她打气，她又试了几次，终因疼痛难忍未能站立起来。

莉莎明白了，她的手术并不理想，受过伤的脊椎骨还压迫着中枢神经，她的双腿不可能站立起来了。好心的布朗医生只是想安慰她，希望她创造一个医学上的奇迹。她感谢老医生的善良愿望，也清醒地知道命运之神不会特别眷顾她。自己还这么年轻，却不能像别人那样自由自在地行走，莉莎姑娘真不敢想象今后灰暗的生活。以后布朗医生又想出了许多办法，做了多种努力，终未能使她创造奇迹，最后莉莎只得坐着轮椅离开了医院。

小镇的黄昏是宁静和美丽的，但未能激发起莉莎好的心绪。几个月来，莉莎很少出门，整天把自己关在屋子里，百无聊赖地消磨时光。她今天到大街上来，不是来散心，而是来了却一桩心愿：来向生她养她的故乡小镇，默默地行最后一次告别礼。她觉得她这样半死不活地苟活在世上太没有意思了，人世间再没有什么美好的东西值得她留恋了。

忽然，身后传来了杂沓的脚步声，没等她转过头来，三个穿着怪异、面目丑陋的年轻人已呈半包围圈站在了她的面前，朝她嬉皮笑脸地打招呼："小妞，起来和哥们儿亲热亲热，坐着多没意思！"一个个子矮胖的青年，向她晃动着粗短的手臂，脸上臃肿的皮肉已把眼睛挤成了"豌豆角"。

"这脸蛋多鲜嫩多水灵呀，不陪哥们儿乐乐，真是可惜！"身材高大的络腮胡用一只长满粗毛的大手狠劲地在莉莎的脸蛋上捏了一把。

"混蛋！流氓！"莉莎气得脸红一阵白一阵，猛劲挣脱三个无赖的纠缠，用力拨动着轮椅向前奔跑。

"哈哈！你跑不了啦！"没跑多远，轮椅突然被一只大手拉住，一个瘦高个、脸上有疤痕的青年把一张丑陋的嘴脸凑到了跟前："不乐白不乐，和哥们儿亲亲，你也吃不了亏！"

"叭！"莉莎肺都气炸了，朝着将要挨近她脸蛋的疤脸，狠狠地扇了一个耳光，打得疤脸眼前直冒金星，边捂着自己的腮帮边嗷嗷地哼着自我解嘲："打……打……打是亲嘛……"

莉莎迅速地拨动着轮椅，飞快地逃离这群畜生，可三个流氓还是追了上来。络腮胡凶狠地吼着："敬酒不吃吃罚酒，看我们收拾她！""对，破她的相，看她还敢在哥们儿面前不识相！"胖子也在一旁呐喊助威。疤脸不知从哪里弄来一瓶汽油，往椅背上一洒"嚓！"打火机一揿，轮椅就冒出了火焰。火焰迅速窜向她的衣裙，舔着她的脸，眼看就要烧着她的全身。怎么办？怎么办？让这无情的大火烧死，反正自己已没有勇气活下去。不！不能这么窝囊地死去，便宜了这群歹徒。她拼命地拨动轮椅往前逃，可熊熊燃烧的火焰却未能熄灭。眼看着火焰就要引燃衣服，在这万分危急时刻，她猛一惊，急出一身汗来，身上像接触一股强大的电流，一下站立起来，不顾一切地橐橐地向前跑去，一气跑了好几百米。她喘着粗气回头一看，后面已没有了歹徒的身影，这才长长地嘘了一口气。少顷，猛一愣怔，才发觉自己的双脚稳稳地踩在地上，而且竟跑了这么远，她不由一阵惊喜，振臂狂呼了起来："啊，我站起来了！我又能跑能跳了！"

莉莎姑娘果真恢复了双腿的功能，她甚至暗暗感谢这群流氓给了她站起来的勇气，虽然遭受一场凌辱，一阵惊吓，但出人意料地出现了奇迹。她也明白，这三个无赖绝非安什么"好心"，她也许还会第二次、第三次遇到这种非礼。她要做好准备，不仅是躲避歹徒的袭击，还要洗掉这奇耻大辱。

莉莎对父母说："我已是一个健全的人了，我也该自食其力了。"父母赞许地点点头。她在镇上一家公司谋得了一个速记员的职务，公司为她在工作间隔壁提供了一间宿舍。宿舍是很小的一个单间，仅有8平方米，放上一张床，再摆上其他必要的家具就显得很拥挤了。不过这床是活动的，白天不用时，一按床旁电钮，活动床就会弹起，整张床就底朝外嵌进墙上一个凹洞内，室内并不显得狭窄，因此莉莎一个人住还是觉得挺舒适的。她想，要对付无赖的纠缠，要报仇雪恨，就必须练好身体，就必须有一身过硬的本领。几经打听，了解到镇上有一个拳术训练班，她报名参加了拳术训练。

几天下来，毕竟身体素质太差，这种拳打脚踢的训练哪是她能承受得了的，她累得腰酸背痛，身上青一块紫一块的，一回到家就躺到了床上。她摩挲着自己伤痕累累的双手，心想，算了吧，一个弱女子怎么会是三个彪形大汉的对手，惹不起就躲着吧，报不了仇就只能咽下这口恶气。好在她的工作用不着出大门，兴许不会再碰到这三个瘟神。人的气一泄了，就很难再振作起来，她已几天没去进行拳术训练了。

这天晚上，她正准备脱衣服上床睡觉，门边忽然晃过一个人影。“谁？”她大吃一惊，赶紧把敞开的外衣裹紧，双手抱在胸前，警惕而又畏缩地注视着来人。

“哈哈，老相识了，你忘了？还挨过你一个耳光呢！”来人狞笑着，脸上的疤痕在灯光的照耀下特别显眼，正是前次作恶的那个疤脸青年。

“你……你……你要干什么？你怎么进来的？”莉莎颤抖地说着，身子退到了墙边 。

“干什么？你还不明白？一不要你的钱，二不要你的物，只是占点小便宜就是了，嘿嘿。”疤脸嬉皮笑脸地向莉莎扑了过来。

莉莎气得全身发抖，她真后悔没把拳师那一手过硬的功夫学过来。疤脸张牙舞爪地向她扑来，退，已无处退；躲，屋子里放下了活动床．连身都挪不过来，往哪里躲？眼看疤脸已扑到了跟前，她只得往身旁的床上一纵，一个侧翻身，到了床的另一边。疤脸也随即扑了过去。

没等疤脸近身，莉莎迅速绕床跑了回来，疤脸见状，急转身往床上猛一扑，身子横趴在床上，一只手已拉住了莉莎的衣服，再一用劲，把莉莎拖倒在床上。

莉莎气愤至极，不知从哪里涌来那么一股力量，用拳打，用脚蹬，用牙齿在疤脸手腕上猛咬了一口，奋力地从疤脸手中挣脱，滚落到床下，手指无意间触摸到了床旁的按钮。也许是急中生智吧，她赶紧按动电钮，转瞬间活动床即刻弹了起来。床上的疤脸还不知道是怎么一回事，就被猛然弹起，压在了床垫与洞壁之间，顷刻间四周变得一片漆黑，急得他在里面哇哇直叫。莉莎急忙关上了上下两个锁扣，任疤脸在墙洞里又踢又闹也脱不了身，她赶紧抽身到隔壁的工作间拨通了报警电话。

警察迅速赶来，将脸色煞白、瑟瑟发抖的疤脸从墙洞中抓出铐走了。莉莎惊魂未定，联想到这些天来受到的凌辱，她发誓一定要振作起来，做一个敢向邪恶势力斗争的强者。她抱着吃尽千般苦、无论在任何困难环境下都不退缩的决心，业余时间重又回到拳师那里去接受训练。

这天，她穿上一身利落的紧身衣裤，精神抖擞地向拳术训练场地走去。“哈罗，莉莎小姐！”有人向她打招呼。她循声一望，向她打招呼的竟是疤脸。疤脸今天穿戴整齐，精神振作，往日的流氓气已经收敛，举止庄重地对着她微笑。疤脸被警署捉走才三天就被放出来，难道他与警署有什么勾结？警署对这种作恶多端的歹徒明捉暗放，莉莎觉得这里面有问题。她回到家里，慎重地向法院递交了一份起诉书。

一个多月后，法庭通知她“去一下”，她神情庄重地来到了法庭预审室。令她奇怪的是，被告席上却是空无一人，没有疤脸、没有络腮胡、没有胖子，也没有警署的人。这是怎么一回事？难道真是官官相护、内外勾结？她一个弱女子掉进了这众多恶势力织成的网里？除了一名法官外，公证席上还坐着布朗医生，全然没有法庭威严肃穆的气氛。法官示意她坐下，然后神情严肃地宣布：“原告莉莎小姐控告詹森等三人流氓犯罪及镇警署分局包庇纵容罪犯一案，经法庭多方查证，不能成立，宣布被告詹森等三人无罪，镇警署分局对詹森的处理亦是正确的。具体缘由由知情人布朗医生陈述。”这又是怎么一回事？难道尊敬的布朗医生也要来助纣为虐，是非不分？

布朗医生清了清嗓子，用他那浑厚低沉的男中音叙述开了。原来，布朗医生的诊断是正确的，莉莎之所以不能下地行走，是由于她信心不足，缺乏勇气造成了心理障碍。他虽然多次给莉莎以开导和勇气，但终没能使莉莎重新站立起来。莉莎回到家后，父母发觉她对生活完全丧失了信心，最近又发觉她的神情越来越不对，担心会发生什么意外，就把这一情况告诉给了布朗医生。为了彻底拯救一个对生活丧失了信心的病人，征得莉莎父母的同意，布朗医生决定采用从反面刺激的办法。于是他找来了三个自己曾经救治过的病人，通过做工作，他们三人才勉强同意扮演这反面角色。布朗医生解释说："当然，他们的行为过火了些，但是，不过火能给你强烈刺激吗？不是这轮椅上的熊熊大火，你能鼓足勇气站立起来吗？有的病人就是这样，他的身体本没有病，但无论怎样从正面给以开导，他总不信你这一套；他的病在内心，你在背后猛给他击一掌，让他的心灵受到震动，他才会精神振奋，增强做人的勇气，我看你就属于这一种情况。"

莉莎小姐睁大了迷惘的双眼："这……这……这一切都是真的？"

布朗医生微笑着点点头："当然是真的，如果詹森他们是流氓纵火犯的话，我可成了教唆犯了。你回家再去问问你的父母，就史会明白。"

莉莎眼里已噙满了泪，感激地低下了头："可是，可是为什么还要闯进我宿舍来这么一手呀？"

布朗回答说："我见你站立起来后，隔不多久，对生活的勇气又不那么足了，担心你会再一次消沉下去，所以又采取了类似的办法，置之死地而后生。一个人即使身残了也不十分要紧，要紧的是志不能残。你的身体是健全的，意志不坚强却是最大的不幸。医好一颗不健全的心，是我们做医生的最高职责。”

莉莎还是不完全放心：“可是，为什么事前不告诉我这一切都是假的呢，怪吓人的！”布朗医生哈哈大笑说：“莉莎小姐，你想得太天真了！如果把这都事先告诉了你，我们所做的一切不就前功尽弃了吗？”

莉莎不好意思地笑了，她终于明白：为了救治她这个对生活丧失了勇气的人，布朗医生真是良苦用心！从布朗医生这种特殊治疗过程中，她似乎懂得了许多道理，好像一下子成熟了起来，胸中也似有一头生气勃勃的小鹿在往上拱撞扑腾。

带进棺材的秘密

罗瑞的身世很不幸，父亲是英国贵族的后裔，但到父亲这一代家道就中落了。父母抛下她一人含恨离世，只留给她一份薄薄的家产。然而上天却给了罗瑞作为女人最值得骄傲的资本—— 美丽。罗瑞真的是太美丽了，走在大街上，犹如飘来一朵彩云，没有人不驻足凝视。

这是1965年的夏天，罗瑞恋爱了，白马王子是她大学里的同学，高大英俊的艾利。艾利大学毕业后进了一家跨国公司，这一段时间，老被公司派往国外跑业务。

这天，罗瑞开着车驶上了高速公路，准备去参加一个同学举办的派对。在一个转弯处，她发现一辆小车撞在了路边的石柱上，驾车人已经昏迷不醒。她立即下车施救，却发现伤者竟是她的心上人艾利。她赶紧抱着艾利上了她的车，风驰电掣般将艾利送到了附近的医院进行抢救。

艾利做了手术后，罗瑞一直守候在他的身边，三天三夜后才苏醒过来。见艾利脱离了生命危险，罗瑞一把抓住了他的手，激动地说："亲爱的，你可把我吓坏了！"艾利却睁大了眼，迷惘地问："姑娘，你是谁？我怎么不认识你？"罗瑞以为是车祸损害了艾利的大脑，让他失了忆："艾利，我是你的罗瑞呀！想一想，我们在泰晤士河边散步时的情景！"艾利仍是茫然地摇了摇头。

见罗瑞一个劲地要唤起他的记忆，艾利却意外地冒出一句："啊，姑娘，你真的弄错了，我没有失忆。我不是艾利，我是他的孪生弟弟马尔！"怎么搞的，原来艾利还有一个孪生弟弟？罗瑞闹了一个大红脸，紧握着马尔的手随即松开了。马尔感谢罗瑞救了他的命，他说，他一直在国外做学问，此次是刚回到国内。他还带着羡慕的口气说："艾利有你这么一个既漂亮又善良的女友，真是福气，我衷心地祝福你们！"

艾利也从国外回来了，两弟兄聚在一起，连罗瑞也分不清他俩谁是谁。艾利悄悄地对罗瑞说："我与马尔在外貌上的唯一区别是，我背后大椎处有一颗红痣，你摸摸，摸摸，可千万别把我们俩搞混！"罗瑞给了艾利一记粉拳说："没个正形！"

罗瑞和艾利结婚了，婚后十分幸福。罗瑞把马尔的婚事也提到了议事日程："马尔，我给你物色到一个姑娘，挺不错的，见见面吧！”马尔却笑着加以拒绝：“哎，我一个到处漂泊的人，可别误了人家姑娘，还是随缘吧！”

转眼罗瑞和艾利结婚两年了还没有孩子，到医院一检查，是罗瑞没有生育能力。罗瑞觉得很对不住丈夫，艾利却毫不在乎地说：“二人世界也挺好呀！”

这天，罗瑞在私家小花园里侍弄花草，刚一起身，突然眼前一黑，一个趔趄摔倒了。丈夫听到了外面的惊叫声，赶紧跑出来扶起了罗瑞，罗瑞却痛苦地惊呼：“糟了！艾利，我怎么看不见你？”艾利惊慌失措地将罗瑞送到了医院，医生经过一番检查后告诉艾利：“你妻子的双眼已经失明，这种眼疾是世界性难题，年轻人，不要灰心丧气，相信今后医学的发展会让你的妻子重见光明！”

艾利当然没有灰心丧气，他给妻子请来了保姆珍妮，照顾妻子日常的饮食起居，他则四处去为妻子寻药问医。艾利带着罗瑞，走遍了欧洲著名的大医院，访遍了各国的眼科专家，都未能治好罗瑞的眼病。

罗瑞失望了，她已没有了生活下去的勇气，同时也感受到了艾利内心的悲伤。一天，她平静地对丈夫说：“艾利，我们还是离婚吧！”艾利十分吃惊：“怎么，是我对你不好吗？”“不，你对我很好。正因为你对我好，我才要为你考虑。你看，我现在瞎着眼，模样这么难看，不能给你幸福和快乐，还不能给你……”艾利一把掩住了罗瑞的嘴：“快别这么说了，这一辈子我都不会离开你！”

艾利安顿好家庭，在外面忙着他的事业。日子就这么不紧不慢地过了几年。这天，她突然接到马尔从外面打回的电话，说艾利突发心脏病，他已将艾利送进了医院。罗瑞一听急了，挣扎着要去医院。马尔说，你行动不方便，千万别来；我在这医院里有好几位医生朋友，我会叫他们对艾利进行最好的治疗。自失明后，艾利已是罗瑞唯一的依靠和精神支柱，他可不能有个三长两短呀！她焦急不安地盼望着艾利早日康复。

一个星期后，艾利回来了，罗瑞十分高兴。像新婚蜜月一样，她拉着艾利的手唠个没完，生怕一松手，艾利就会从身边消失。她关心地问：“病还没全好吧？看你，生了一场病，声音都变了样。”艾利说：“可不是，发了几天烧，声音都沙哑了。”

也许是劫后余生，艾利更觉得生命的可贵，也更加珍惜夫妻感情。他一回到家就嘘寒问暖，体贴备至，时时流露出对妻子的不尽爱意。艾利还把女佣珍妮辞退了，换了一个菲佣希罗，说菲佣素质高，能更好地照料罗瑞。罗瑞虽然有两眼一抹黑的遗憾，但身旁有这么一个贴心贴肺的丈夫，她觉得十分幸福。

马尔许久都没到她家来了，罗瑞问艾利为什么，是我们冷落他了吗？艾利说：“不是。马尔真是个好弟弟，他说他要走遍整个世界，为你找到最好的眼科医生，让你重见光明！”罗瑞感激地说："真难为马尔了！艾利，劝劝马尔吧，叫他不要满世界跑了，赶快成个家吧！"艾利说："我会的。"

这天，艾利回家经过屋前花园，见一个两三岁的孩子满园子跑着，他问希罗："这是谁家的孩子？"希罗说："是夫人叫我到慈善院去领养回来的。"艾利来到妻子跟前关切地问："罗瑞，是寂寞了吧？"罗瑞明白了他的问话所指："不。我是为你考虑，你都30岁了，膝下总该有个承欢的吧？"艾利安慰道："罗端，是我不好，我没考虑到你的感受。这样吧，今后我会抽更多的时间来陪陪你，让你真正感受到二人世界也是挺快乐的。"艾利则想的是，家中如果多一个孩子，就会分散他对罗瑞的爱，他不乐意这样。他时时铭记住他对罗瑞常说的一句话，只要爱在咱们心中，就足够了。于是他和希罗一道把孩子送回了慈善院。一个多月后，艾利给罗瑞提回一只经过训练的鹦鹉，进屋就冲罗瑞呱唧呱唧地喊叫道："夫人，您好！""罗瑞，祝您快乐！"直逗得罗瑞笑个不停。

几十年的光阴飞逝而过，转眼到了2005年的春季。这天，艾利兴高采烈地回到家里，拉着罗瑞的手说："告诉你一个好消息：我从美国请来一位著名的眼科专家，他掌握了世界上最先进的眼疾诊治技术。他说，像你这种情况，通过手术，是很有希望复明的！"罗瑞高兴得一下离开了躺椅，紧紧地抱着艾利欢呼。

手术那天，艾利一早就候在了手术室门前，焦急地等待着。经过了漫长的6 个小时的等待，手术室的门终于打开了，主刀医生西拉尔摘下口罩对艾利说：“祝福你，手术非常成功，一个星期后夫人就可重见光明！”艾利禁不住拥抱住西拉尔：“谢谢你，我的光明天使！”

拆线那天，罗瑞问艾利怎么还不来呢？她多么想第一眼就能见到与她相濡以沫快40 年了的丈夫啊！护士回答她说，快了，艾利老先生可能正驱车在赶来的路上呢。等了许久，见没能等到艾利赶来，医生才决定开始动手拆线。

罗瑞的眼睛缓缓睁开，她只觉得眼前白晃晃的一片，什么也看不清楚。过了一会儿，她终于看见一只大手在她眼前晃来晃去，不禁高声地喊了出来：“看见了！看见了！我又能见到世界了！”她一把拉过了这只大手，猛然间见到了手后面的人，不觉一愣：“你是……艾利？你怎么悄悄来到我的身旁不做一下声？你是要给我一个惊喜？”谁知对方却说：“啊，夫人，你认错了人，我是艾利先生邀请来的医生西拉尔。”罗瑞才知是自己喜极而失态了，可是西拉尔医生怎么长得和艾利这样像呢？但她也知道确实是自己弄错了，这位医生才三十来岁，正和她失明时艾利的年龄相仿。两人实在是长得太相像了，仿佛又把她拉回到三十多年前，世界上的事怎么会这么奇怪呢？

出院后，艾利并没有出现，也失去了联系。罗瑞急了，正准备到警署报警，一名律师找上了门。律师以沉痛的心情告诉她，她的丈夫已经遭遇车祸去世，就在她眼睛动手术那天，并且交给她一封丈夫早已写好的遗嘱。听到这个消息，她犹如突遭雷击，一下子昏了过去。过了许久，她才悠悠醒来，战战兢兢地打开了遗嘱。遗嘱中写道："罗瑞：我对不起您！我向您隐瞒了一个天大的真相：我不是艾利，而是马尔。艾利已死于1970年突发的那场心脏病……"

怎么会是这样？难道已与她朝夕相处了35年的丈夫竟是马尔？这不是开玩笑吧？这怎么可能？这怎么可能？马尔在遗嘱中为她释疑：他当时真不忍心把哥哥猝死的噩耗告诉给已双目失明的罗瑞，罗瑞太可怜了，她不应该承受这样的打击。经过再三地考虑，马尔才下决心走进这决定他后半生命运的"骗局"。与罗瑞生活了这么些年，马尔觉得是幸福的，他虽然不是罗瑞生命中唯一的丈夫，但罗瑞却是他唯一的妻子。

罗瑞这下想起来了，难怪"艾利"出院回到家时声音都变了，难怪他要急着换去原来的女佣……罗瑞也曾对他产生过怀疑，可她晚上装着无意间去摸丈夫的脊背时，果然在上部摸到了一颗痣，她也就确信是她的丈夫了。唉，三十多年了，真是委屈了马尔！想想看，马尔做出了多大的牺牲！为了让我过得快快乐乐，甘愿隐去自己的真实身份，肩负起了去世的哥哥沉重的担子，这是多么善良的天性和伟大的爱心呵！多么可敬可爱的马尔，我对他是感激都来不及，怎么还会去责怪他呢？

与自己生活了35年的丈夫是马尔，那么像极了艾利的西拉尔医生又是谁呢？马尔说我是他唯一的妻子，西拉尔不会是他与别的女人的孩子。会不会是艾利在我双眼失明后与别的女人生的孩子呢？对，很有这种可能。是马尔为了维护艾利在我心目中的美好形象，故意向我隐瞒了艾利的这段婚外情。她向马尔委托的律师询问，律师说，马尔生前并未跟他谈及过这件事，只是了解到，是马尔着力把西拉尔培养成一名眼科专家的。马尔啊，你为我倾注了多少心血！

西拉尔的身世之谜，藏在艾利的心中，也被马尔带进了棺材里。

母女巧治歹徒

西班牙西北海岸一座小城边，近海处住着一户人家。主人菲德尔经营着一座中型煤矿，很少住在家里。妻子玛丽亚精明能干，虽然家庭十分富有，但她从不请一个用人，操持家务和教育小女儿的担子都落在她一人身上。玛丽亚虽说是一个家庭妇女，可她和女儿梅洛蒂，却是这个城市人人皆知的传奇式人物。

还是在梅洛蒂5岁的时候。一天，玛丽亚在家里与梅洛蒂做完游戏后，梅洛蒂缠着妈妈要讲故事。讲哪个故事好呢？《海的女儿》讲了5遍了，《拇指姑娘》也讲了3遍，还有《灰姑娘》《大灰狼》梅洛蒂也听腻了，对，就讲《阿里巴巴和四十大盗》吧。小梅洛蒂支棱着个圆脑袋，扑闪着一对监色的大眼睛，随着妈妈精彩传神的故事讲述，自己也像进入了那神秘莫测的神话世界。当讲到阿里巴巴在山洞里忘记了咒语而喊着“小麦，开门”“大豆，开门”时，梅洛蒂急坏了：“芝麻，开门！芝麻，开门！阿里巴巴，快喊嘛！”

“喊什么？小东西，给我滚一边去！” 这突然冒出的一声吆喝，令母女俩大吃了一惊。定睛一看，原来是一个蒙面人，不知什么时候闯进了家里。玛丽亚两眼急速转动，扫视着屋子，欲寻找对付的办法和武器，蒙面人见状，立即用手枪逼了上去：“太太，放规矩点。如果要命的话，就给我把双手举起来，背着我贴到墙上去！”玛丽亚无法，举起了双手，缓缓地侧过了身。在侧转身子的一刹那，玛丽亚也看了女儿一眼，正好与女儿射来的惶惑的目光相撞。女儿看见了妈妈一双会说话的眼睛，似乎明白了什么，眉头一皱，赶紧说道：“妈妈听话，把手放到墙上去，我来帮你！”一边说着，一边就往前跑来。蒙面人听小女孩这么一说，认为她是吓得变驯服了，自然让她前来配合自己的行动。“哎呀，我把爸爸的墨水瓶弄倒了，爸爸知道了又要骂我！”梅洛蒂一边惊慌地喊着，一边将倒在桌沿上的墨水瓶扶起，顺手一放，摆在了桌子中间，连手也顾不得擦，迅速地跑到了妈妈身后：“来，妈妈，把手放在墙上，对了，这样就好了，这个叔叔不会伤害我们的！”蒙面人在梅洛蒂的帮助下，将玛丽亚的双手捆牢，然后将屋子里的珠宝首饰等值钱物品席卷一空，扬长而去。

谁知半个小时后，这个窃贼就在大街上被刑警抓获。窃贼怎么也想不通，自己又没打大包小包，不招人显眼，怎么会被人认出来？再说自己脸上又没刻字，就是有明显的标记，入室行窃时也是将脸蒙起来了的，谁能见到他的真实面貌？莫非这母女俩有什么特异功能，能透过物体看清人的面目？思前想后，不得其解，窃贼心中直发颤：今后可别小觑了这母女俩，撞上她们可没好果子吃的。

其实，这母女俩没有什么特异功能。就在玛丽亚用眼睛向女儿示意的时候，女儿的小脑袋里就在飞快地思索着，猛一眼瞥见了桌上的墨水瓶："呀，有办法了！"她佯装跑着，有意将桌上的碳素墨水瓶弄翻，扶起墨水瓶时顺手一扬，将浓黑显眼的碳素墨水洒了窃贼一背。等窃贼走后，她迅速拨通了报警电话，刑警们立即赶到她家里，将玛丽亚身上的绳子解了，救出了母亲。又根据梅洛蒂提供的衣着特征，很快就将罪犯抓获归案。

光阴荏苒，转眼三年已过，小梅洛蒂已是小学二年级的学生。这天，玛丽亚做好了晚餐，左等女儿不回，右等女儿不归，给学校打去电话，学校回答说早已放了学，校园里已经没有一个学生。这下玛丽亚慌了，她赶紧驱车一路找去，仍不见女儿的踪影。在女儿的几家同学处打听，都回答说梅落蒂是离开了学校的，走出学校的前一段路还走在一起呢。怎么办？女儿肯定是遇到了什么意外，或许是遇上了绑匪，弄不好可是要出人命的。她又不敢贸然报警，玛丽亚赶紧通知了远在一百多公里外煤矿的丈夫火速回家商量对策。

菲德尔回家听妻子一说，也苦无良策，夫妻俩只得惴惴不安地守候在电话机旁。是祸是福，是凶是吉，此时的心情如油煎火烤。好不容易挨到夜里十点钟，电话铃声终于响了起来，菲德尔一把抓过话筒，听筒里传来了一个粗暴的声音：“喂，是菲德尔吗？你的孩子在我们手里！限你三天内送来100万欧元，否则撕票！交款地点到时候我会通知你的。警告你，要是去报警，你会得不到你的女儿！”菲德尔还要问什么，对方一下把电话挂断了。

100万！哪里去筹措？菲德尔东拼西凑，玛丽亚求亲告友，也才凑足30万欧元。要救梅洛蒂，唯一的办法是拍卖煤矿了。可是，这煤矿是玛丽亚祖上留下来的产业，虽说是丈夫在经营，但产权却不全属于自己一家，它维系着玛丽亚一家及其整个家族的经济命脉，这煤矿是万万拍卖不得的！

离最后期限还有一天，绑匪又打来了电话：“菲德尔，100万欧元准备好了吗？”

菲德尔苦苦相求：“我什么办法都想了，只凑足了30万。求求你行行好，30万欧元放人吧！”

“不行！100万一个子儿也不能少！你要人还是要钱？干脆点！”

“我当然要人了！那么请你再宽限点时间，容我再去想想办法。”

“行！再给你三天时间，三天后要不交100 万欧元来，就别怪我们不客气了——准定撕票！”

夫妻俩长叹了一声，瘫坐在沙发上。

一天又过去了，丈夫垂头丧气地从外面回来，不用问，准是没借到钱。玛丽亚看看丈夫一筹莫展的样子，她没法宽解丈夫，连自己也控制不住，一头跑进了卧室，趴在床上嘤嘤地哭了起来。哭够了，坐起来擦干泪水，将女儿的相册拿出来，神情呆滞地翻着，像是女儿要出远门，临行前再好好地看她一眼。看着女儿那活泼可爱的一张圆脸，浅浅的一对酒窝漾着，衬着一张微笑的小嘴，似乎就要笑出声来；那一头金黄色的头发飘飘欲飞，就像要扑进妈妈的怀里来。玛丽亚痴痴地看着，心里一阵阵地发痛。特别是女儿那一双明亮的大眼睛，澄澈如秋水，更叫母亲的眼光不能离开。眼睛，大眼睛，会流露感情的眼睛，当母亲的似乎从孩子的大眼睛中发现了什么……啊，对了，孩子有救了，赶快去告诉孩子的父亲，有救了，孩子有救了，我们的孩子有救了！

再说绑匪之一蒙特，就是三年前入室行窃的那个窃贼，他忘不了那次牢狱之苦，他要设法报复！他不便出面，就暗中串通了绑匪头子戈什和他的帮凶，在梅洛蒂放学的回家途中僻静处，将梅洛蒂塞进了一辆汽车，偷偷地藏匿于郊区的一间房屋的地下室里。

蒙特想弄个明白，三年前他到底是怎样栽跟斗的。他只身一人来到关梅洛蒂的地下室里，凶狠狠地对着梅洛蒂吼道：“小东西，还认识我吗？”

梅洛蒂眨巴眨巴双眼，迷惘地摇了摇头：“不，不认识呀！”

蒙特狞笑着，揪了梅洛蒂一下脸蛋：“实话告诉你，我就是三年前到你们家来做客的那位大爷！没想到你们这么不客气！告诉我，你们母女俩是不是有什么特异功能？”

梅洛蒂这才明白自己落在了三年前那个窃贼手里。她装着害怕的样子，迟迟不作回答。她装着很为难的样子说：“可是，我妈妈，我妈妈不让我把这个秘密告诉任何人！”

蒙特一声雷吼：“你想死还是想活？不说我就宰了你！”

梅洛蒂畏畏缩缩地回答：“那我就告诉你吧，你可不要再对别人说起。我妈是有特异功能，她能看穿墙壁，能看到很远很远的地方，就是我关的这地下室里，她也能看到。”

蒙特暴跳如雷：“胡说？她要能知道你在这里，怎么不来救你？”

梅洛蒂做出一副极委屈的样子，噘着嘴，眼眶里噙满了泪。

玛丽亚到底有没有特异功能？蒙特心里极不踏实。如果真的有如小女孩说的那种看透千里的本领，这后果是不堪设想的。直到戈什与菲德尔通了电话，菲德尔愿意拿钱来赎回女儿，蒙特才放下了心。

离最后交款的期限只有一天多了，戈什又给菲德尔打去了联络电话："菲德尔，款子筹到了吗？好嘛，那就按期给我交来，一手交钱，一手交人，地点是……什么？要一张梅洛蒂的照片？你不放心她是否活着？当然活着嘛，还会骗你？哎呀，你怎么这么啰唆？行行行，我马上给你寄一张她的照片来。要是见到了你女儿的照片还不送钱来，你就等着瞧吧，有你好看的！"戈什气冲冲地摔下了话筒。

梅洛蒂的照片很快就通过邮局的快件传递寄出去了，一两个小时后就会到收件人的手里。为了确保万无一失，这天下午，戈什准备找蒙特商量交接赎金的具体部署，可蒙特不知跑哪里寻欢作乐去了，他命令一名助手速去找回。助手却慌慌张张地跑了回来说："大哥，不好了，我们已经被刑警包围起来了！"戈什有些吃惊，但立即镇定下来："急什么？小女孩还在我们手里，他们要冲进来，我们就撕票！去，去给我把小女孩提上来！"不一会，助手跌跌撞撞地从地下室跑了上来："大哥，糟透了，小家伙已经从另一条通道逃跑了！"

虽顽固地抵抗，终因寡不敌众，绑匪头子戈什和他的几名助手束手就擒了。在审讯室里，戈什见到了他的得力帮凶蒙特，他在心中狠狠地骂道："都坏在这小子的手上！"

蒙特是怎么被抓住的呢？难道真如梅洛蒂所说的，她母亲的眼睛具有穿透物体的特异功能吗？不，不是这么一回事。原来，玛丽亚在观看女儿的照片时，意外地发现女儿的瞳孔有一种奇异的摄像功能，能将拍照者的形象摄进瞳孔里，这不，她给女儿拍的一张照片，自己手持相机的形象就留在了女儿的瞳孔里。有了这意外的发现，她通过丈夫接绑匪的电话，要到了女儿现在的照片，并且立即送到了警署。警署的摄影专家放大了小女孩的瞳孔照片，几个绑匪的形象就出现在刑警的面前。他们立即认出了其中的一个绑匪就是蒙特。蒙特出狱后的行踪一直掌握在刑侦人员的手中，警署很快就抓到了蒙特。蒙特不辨虚实，还以为真是由于小女孩母亲的特异功能而发现了他，心里直发怵，他只得假装糊涂，将功补过，供出了绑匪头子戈什的老窝，并带着刑警队员从地下室的另一出口救出了梅洛蒂。

这一下，梅洛蒂和他母亲的故事在这小城里就传得更神啦，歹徒们一提起这母女俩，真令他们心惊肉跳！

他谋杀了自己

中午时分，一个年轻人从菲顿大厦坠楼身亡，死者名叫汤姆逊。

汤姆逊到底是自杀，还是他杀？警长莫尔和他的警员贝里等人接手了这个案子。他们兵分两路，一路人去寻找目击者，搜集证据；一路人去调查死者的背景及社会关系。

一位目击者说，汤姆逊是从自己居住的12层楼的窗口跳下来的，他的身后没见有其他人推搡或威胁。汤姆逊系自杀无疑。

莫尔从通信数据记录里查到了死者临死前接过的几次电话，查询通话人后证实：汤姆逊因酗酒和赌博，欠下别人一大笔钱。其中一个有黑道背景的债主限令他3日内必须偿还全部欠款，不然就要截取他的一只手或一条腿，让他长长记性。汤姆逊生前没有正当职业，无固定收入，又挥霍金钱无度，属于社会上混混一流的“问题青年”。他见借债期限已到，无力偿还，又对断去血淋淋的手足感到痛苦和恐惧，于是日夜忧思，别无他法，只得跳楼一死，以求解脱。

可是法医杰普斯送来的检验报告上却称，汤姆逊不是跳楼坠地身亡，而是死于枪杀，他的头部嵌进了一颗子弹，是这颗子弹使他致命。汤姆逊跳楼时，楼外正在进行外部装修，为了保护装修工人，施工方在10楼处设置了安全网。汤姆逊跳楼时掉在了安全网里，本不会因坠楼致死，是这颗罪恶的子弹要了他的命。因此汤姆逊应该是被谋杀的。

资深警员贝里却不同意法医的看法。他认为，汤姆逊确实要自杀，这从他的日记和旁证人的口中都可以得到证实。很明显，他跳楼自杀时并不知道下面设有安全网，但他自杀的愿望却成为现实，虽然这种死法并不在他的计划之中，但仍没违背他自杀的初衷，所以汤姆逊之死应为自杀无疑。

汤姆逊的直接死亡原因是枪击，那么这颗子弹是从哪里射来的呢？根据法医和弹道专家等技术人员的综合分析，这颗子弹不是来自对面一栋楼或是别处，而是来自死者跳楼至触及安全网之间的本栋楼房一段很短距离的窗口里。这个判断一下就将怀疑的目标锁定在11层楼里。

莫尔立即带领警员封锁了11层楼的住户，进门一查，却是老夫妻俩。更让人感到意外的是，两位老人竟然是死者汤姆逊的父母。老汤姆逊承认枪是他开的，但他说，他的枪从来就没有装过子弹，过去老两口吵架时，他气愤之下，就爱拿出手枪来晃晃恐吓玛丽。没装子弹的枪，权当是玩具手枪，只是恐吓而已，只要能镇住妻子就行。他怎么会拿真枪实弹来对准妻子呢？昨天老两口因为一件事意见不合，他与玛丽吵架时，一气之下，他又习惯性地拿出了手枪来对着玛丽，吵着吵着，他无意识地扣动了扳机，不知怎的，一颗子弹就从枪筒里飞了出去。还好，子弹没有击中玛丽。玛丽证实了丈夫的说法属实。

莫尔随即检查了老汤姆逊弹盒里贮存的子弹，根据老汤姆逊提供的记忆中的数目，确实少了一粒。

莫尔向老汤姆逊发问："你平时憎恶自己的儿子吗？"

老汤姆逊说："讨厌呀，怎会不讨厌？"

玛丽接过话头："他太令人失望了！送他去读大学，他说不是读书的料。好不容易找到一份工作，他又不好好干，被老板炒了鱿鱼。他成天就和一些街边牛仔、嬉皮士鬼混，还不时跑回来向我们索要养命钱！真不是个东西！"

莫尔乘机提问："这么说，你们恨不得把这个不争气的儿子宰了？"

老汤姆逊却不同意莫尔的这个假设："警长先生，你把话说到哪里去了？我们是恨自己的儿子，恨他不争气，是恨铁不成钢，恨玉不成器。可是，再孬再不争气，终归是自己的儿子呀，我们怎么会把他宰了呢？”

莫尔只得把话点穿了：“汤姆逊先生，你知道就是你这一枪把自己的儿子杀死了吗？”

“什么？！”老两口一听这个噩耗，立刻难过地晕了过去。昨日老汤姆逊手枪走火后，玛丽十分震惊，加之恐惧异常，就气愤地离开了家。老汤姆逊也随后气冲冲地乘电梯出外溜达排遣闷气去了，两人都不知道大楼外发生了什么事。

等老汤姆逊在医院里清醒过来后，莫尔又接着询问：“你当时见到窗外有人影晃过，会不会以为是盗贼将要入室，情急之中你就扣动了扳机？”如是这样，汤姆逊的案件就可定为误杀致死。

老汤姆逊回答：“我手端着枪的时候，只是一心注视着玛丽，哪会看到窗外有什么人影？枪一响，我自己也惊呆了，也没有留意窗外的人影。再说，当时就是看到了，也会以为是一件衣服或其他什么东西掉下了楼，怎会想到是一个人？”

莫尔分析，老汤姆逊说的是实情。他就是要射杀汤姆逊，汤姆逊坠下楼经过窗外，只是极短的一瞬间，根本把握不住射杀的时机。等他发现汤姆逊出现在窗外，再做出射杀的决定时，汤姆逊早已从窗外消失。那么，汤姆逊的中弹纯粹是一种巧合了，他的跳楼和老汤姆逊扣动扳机，几乎是同时发生的，这种巧合真是太离奇了。

但无论如何，汤姆逊总是被老汤姆逊的手枪击中而死的，老汤姆逊杀人的嫌疑不能被完全排除。老汤姆逊身体恢复正常后，被请进了警局。

就在警察局关于汤姆逊之死应该定性为自杀、谋杀还是误杀而争论得不可开交时，莫尔警长收到了一封匿名举报信。举报信里未见只字，只装有一张照片，照片上汤姆逊正在往一支手枪里填压子弹，照片的背景是老汤姆逊夫妇的居室。经验证，汤姆逊填子弹的那支手枪正是老汤姆逊的。经过再次询问老汤姆逊夫妇，案件的真相终于浮出了水面。

原来，就在汤姆逊跳楼前的一个星期，汤姆逊向父母苦苦求告，希望他们无论如何也要拿出一笔钱来救救自己。老汤姆逊每个月只能领取一笔很微薄的退休金，老两口的生活全靠玛丽省吃俭用、精打细算，才聊以度日，还做到了小有节余。老汤姆逊看儿子乞求得可怜，顿生舐犊之情，要把仅有的一点积蓄拿给儿子，玛丽却坚决不同意。她说你老头子不当家不知柴米油盐贵，这点钱若是给了儿子，今后咱俩要是谁生了病，或是遇到其他灾难又怎么办？汤姆逊没要到钱，对母亲怀恨在心。他对父母的感情本来就很淡薄，知道父亲有经常拿枪来恐吓母亲的习惯，于是就偷偷给父亲的手枪里装上一颗子弹，想借父亲的手将母亲除掉。他想，只要母亲不在世了，他向父亲要钱的计划就有实现的可能。谁知他没杀死母亲，却害死了自己。由此看来，汤姆逊之死应定为谋杀案，杀人者和被害人都是汤姆逊自己一人。查来查去，居然是汤姆逊谋杀了自己，案件的奇特，令所有办案的警察都大为吃惊！

汤姆逊案件的真相大白要归功于及时提供照片的人，警察局发出通告，通知提供证据者前来领奖，可过了三个月也无人前来领取。警察局通过各种刑侦手段，查出了拍照片的人是菲顿大厦对面一栋楼里的杰克逊，他是躲在窗帘后面用长焦镜头偷拍的。同时查明他涉嫌偷窥别人隐私。此是另一桩案件了，这里不提。

奇特的绑架

该共进晚餐的时候，丈夫还没有回来，苔丝觉得有些异常，因为丈夫从来都是准时回家的啊。桌上的饭菜都快凉了，苔丝这才觉得应该打电话询问，可丈夫的手机没开。丈夫这段时间的工作特别忙，一边要忙着应付各大剧院的演出邀请，一边要忙着从各地上门求师的精英中筛选出一个可以造就的关门弟子。现在丈夫既没打招呼又没按时回家，难道是临时接到一个什么紧急的演出任务？

家中的电话终于响了，苔丝赶紧抓过话筒，却是一个陌生男人恶狠狠的声音：“夫人，你先生在我们手里，你是要钱呢，还是要人，快给我们一个准信！”

苔丝如遭一记闷棒，脑子里“嗡”的一下出现了一片空白，霎时急了：“要人！当然是要人！你可不能动费莫尔斯半根指头！”

“那好，你赶快准备好500万美金来赎人！”

苔丝又是一惊，急出了一身冷汗：“天哪！500万，我哪来这么多钱？况且，我家保险柜的钥匙是费莫尔斯保管着的，我哪能拿到现金和存折？”

“哈哈哈哈！骗人了吧，谁不知道你是费莫尔斯的经纪人，你家的经济大权是你掌管着的？苔丝夫人，不想赎人了吧？”

“要赎人，怎么不赎人？可是，我真没那么多钱呢，求求你了，100万放人，行不行？这是我能凑到的最大数目了！”

“哈哈，谁不知道费莫尔斯是赫赫有名的音乐大师，日进斗金呢，500万对他来说还不是小菜一碟！”

“唉，你们只知其一不知其二，人一出了名应酬也多，开销也大呀！我们真没那么多钱呢！”

“那好，没现钞也行，我做出让步，就用你家那把名为拉索的小提琴来赎人！”

用拉索琴来赎人，这怎么可能？要知道，这把著名的小提琴是意大利文艺复兴时期最有名的琴师亲手制作的，当时它典雅优美的琴声就征服了整个欧洲，还是以当时尼德兰享誉最高的音乐家拉索之名为其命名的呢。可以这么说，费莫尔斯高超的演奏技巧是借助拉索琴高贵的品质而完美体现的，费莫尔斯视拉索琴为他的第二生命，其无与伦比的身价早已超过了500万美金。把这么名贵的琴交给绑匪，这不是要费莫尔斯的命么？可是，如不把琴交出去，丈夫的命就保不住，性命都没有了，留着琴又有何用？思来想去，苔丝十分矛盾，犹豫再三，最后只得答应以琴赎人。

对方再一次恶狠狠地警告她：不许报警！如发现苔丝报警，就斩掉费莫尔斯的指头，叫他永远演奏不了小提琴；如警察出现在交换小提琴和人质的现场，就立即撕票，苔丝就只能得到费莫尔斯的死尸。苔丝可不敢拿丈夫的性命开玩笑，她只寄希望于忍痛送出拉索琴后，丈夫能平安地回到家里。

可是，当苔丝在指定的地点把拉索琴交给一个年轻人后，对方只让她与丈夫见了一面，就匆匆地边撤退边警告她不许报警，几个小时后自会把费莫尔斯送回来。苔丝只能眼睁睁地看着绑匪又一次地将丈夫押走。

琴送出去了，丈夫却没能回来，苔丝料想是凶多吉少，心中满是恐惧、落寞与空虚，在忐忑不安中一分一秒地数着时间，担心着丈夫会惨遭什么不测，真是度日如年。几个小时后并没有见到丈夫的身影；整个第二天也是在失望和恐惧中度过；一直到第三天，才终于盼到了丈夫疲惫不堪地回到了家里，苔丝心中悬着的一块石头才算落了地。费莫尔斯回到家里两眼通红，连澡也顾不得洗，一倒床便呼呼大睡。他太疲倦了，这一睡，就是两天两夜。苔丝此时果断地报了警。

警方根据苔丝提供的线索，顺藤摸瓜，很快将绑匪抓住了。绑匪名叫洛巴利，才22岁。很遗憾，抓住洛巴利时却没有从他的住处搜到拉索琴。洛巴利被拘押在警署接受警方的调查和讯问。

几天后，费莫尔斯却来到了警署，请求警方放人。警官约翰感到奇怪，说洛巴利非法绑架了你，还勒索了有名的拉索琴，这是明显的犯罪行为，且性质十分严重，我们怎么能随便放人？费莫尔斯解释说，你们抓走洛巴利的当天，我就收到了他的一封来信，说明这封信是在你们没抓他时就写好了的。他在信中解说了绑架我的原因，并且已将我的拉索琴还回来了，叫我在一个超市的寄物柜里去取。我在家中睡了两天两夜后，现在已取回了拉索琴，他并没有要走我的财物，他的绑架应该看作是对我的邀请，当然应该放人了。

开什么玩笑，绑架怎么会成了邀请？是费莫尔斯经历恐怖的绑架后，精神上受到了强烈的刺激，还是受到了绑匪同伙的威胁，惧怕遭到绑匪的报复？约翰忙问他究竟是怎么一回事？

费莫尔斯这才道出了事情的原委。

原来，洛巴利是一个默默无闻的小人物。他从小就酷爱音乐，尤其是对小提琴的热爱已经到了痴迷的地步，刻苦自学小提琴已达到了相当高的水平。他还钻研相关资料，自己动手制作和改进了小提琴，他演奏的小提琴都是出自他本人之手。此次洛巴利强行把费莫尔斯“请”了去，就是想当面聆听被称为当今施特劳斯的费莫尔斯高超的演奏技艺。

约翰还是不解："他要欣赏你的演奏，可以到音乐厅里看你的演出呀！"费莫尔斯苦笑道："我刚开始也是这么认为的，可500元一张的入场券他怎么能买得起？要知道他可是一文不名的穷艺术家呀！""这……这……他可以把情况说明，礼貌地邀请你前往呀！"费莫尔斯笑了："上流社会中那么多名流邀请我，都被我拒绝了，他一个无名小卒邀我去，我能答应他吗？况且，他也过不了我经纪人这一关呀！""可是，无论如何，他也不应该向你夫人勒索钱财呀？""唉，他故意把赎金定得很高，让我妻子无法筹足这笔钱，目的就是想用他制作的小提琴与我的拉索琴比比高低，他不用这种非常方式，苔丝能痛快地交出拉索琴吗？"

约翰警官手托下颌，陷入了沉思，对费莫尔斯放人的请求没有立即表态。

费莫尔斯再一次请求警官释放洛巴利。他说，他不仅原谅了洛巴利的这种不礼貌的"邀请"方式，而且为洛巴利高超的演奏水平和非凡的制琴技艺所折服。在被洛巴利强行"挽留"期间，他还有幸见到了一些与洛巴利有相同命运的民间艺术家，欣赏了他们不同寻常的艺术才华，他犹如来到了一座蕴藏着民间艺术瑰宝的宝山，他深感天外有天，人外有人，芸芸众生才是藏龙卧虎之地。这将极大地影响到他今后的艺术风格。他还感谢洛巴利为他解决了一个难题：他将收洛巴利为他的关门弟子。而且他坚信，洛巴利会很快超过他的水平的，他是为爱惜人才请求警方释放洛巴利。

约翰终于被他的一番爱才惜才的话所感动："你的请求我们会慎重考虑！"

遗产

露易丝刚料理完丈夫的丧事，就有债主找上门来了。她接过这些有丈夫生前签过字的借据一看，还好，这些借款数额都不大，一张也就几十美元，她松了一口气。她谦恭地向这些债主承诺:“你们都是卡吉尔的朋友，感谢你们对我丈夫生前的帮助。夫债妻还，天经地义，请你们放心，我一定会把钱如数还给你们。只是卡吉尔刚刚过世，家中的经济确实吃紧，我与你们订个还款计划吧！”众人见卡吉尔太太态度诚恳，又讲信用，都点头答应，逐一地和她签订了还款计划。

露易丝和卡吉尔是一对恩爱夫妻。卡吉尔工作勤奋，生活节俭，对家庭负责，可就是有一个嗜好，就是爱买彩票，是一个彩票迷。他有一个心愿，就是中一个大奖，让妻子和家庭都过上富足舒适的日子。家里不能有余钱，一有余钱他就会全部拿去买彩票。有时心血来潮，突然想到几组号码，而又囊空如洗时，他就会向朋友和同事借上一小笔钱，来圆他的彩票梦。就这样，他买了几十年彩票，过了几十年紧巴巴的日子，连一个末奖也没中过，才46岁，因突发心脏病，就带着终身的遗憾告别了人世。

送走了要债的人们后，露易丝开始清理丈夫的遗物。丈夫留给她的，除了十几笔小债务外，就是几十本贴有未曾中奖的过期彩票的旧杂志。她翻看着这些彩票，每一张彩票都凝聚着丈夫从希望到失望的悲喜过程，如同看到丈夫辛辛苦苦、孜孜以求的一生。她在这些旧杂志中，还发现一本厚厚的笔记本，上面清清楚楚地记载着丈夫每次买彩票的时间，每注彩票所选的号码，更引起了她对丈夫的敬重和思念。她翻到了丈夫生前买的最后一次彩票号码，丈夫去世时这期彩票还没开奖，昨天安葬丈夫时才是开奖日期，看来这是丈夫留给她最具有纪念意义的遗物了。睹物思人，还是把丈夫生前没来得及做的最后一次兑奖工作做了吧。

露易丝找来一份当天的报纸一一查对，其中的一组号码让她的眼睛直发亮，她恍若在梦中，不敢相信自己，又回头一个号码一个号码认真地核对，一点不差，真是中了头等大奖，一个可以获取5000万美元的巨额大奖！她惊喜万分，为丈夫没能看到自己一生梦寐以求的大奖而深深惋惜。她赶紧寻找这期彩票，翻到贴有最近发行彩票的那本旧杂志，以往各期都有，可就是缺这一期。她想，丈夫以往一定是等开了奖后，才将没中奖的彩票贴上去的，也就是说，这期彩票还没贴上旧杂志，那么它会在哪里呢？她翻遍了所有的旧杂志，又把家中可能放彩票的地方都找遍了，仍是没有中奖彩票的踪影。望着满屋零乱的杂物，她迷惘了：丈夫会把彩票放在哪里呢？难道5000万大奖就这样泡汤了不成？

她又转念想到，彩票是丈夫一生中最心爱的东西，在没有开奖前他不会随便把它放在什么地方的。对了，很可能在丈夫随身穿过的衣服里。她赶紧翻找丈夫遗留下的衣物，找遍了所有的衣袋，仍是一无所获。现在唯一的希望就是丈夫下葬时穿的那套西装了。

待挖墓工人把丈夫的坟墓挖开，露易丝果真从丈夫所穿西装的贴身衣袋里找到了那张中奖彩票。望着丈夫的遗容，掂着手中的彩票，她感慨万千，悲喜交集，两行热泪滚落到丈夫的面颊上。她领取了巨额奖金后做的第一件事就是，将丈夫的墓地从贫民墓区迁到了富人墓区，并给丈夫制作了一块用彩票作装饰的精致墓碑。

两个穷人

在西方某国的一座城市里，住着一个叫亨利的年轻人。因为穷，妻子离他而去，给他留下一个3岁的小男孩，父子俩艰难度日。亨利已失业3年，完全靠救济金过日子，眼看就要过圣诞节了，可拿什么给年幼的儿子作礼物呢？他准备出去碰碰运气，说不准哪家公司临时需要搬运工，他干上几个小时，挣上几个子儿，买上个小礼物，好给儿子一个惊喜。

他连走好几家商店和公司都碰了壁，身上连坐公共汽车的钱也没有了，只得垂头丧气地走回家去。此时天已黄昏，天空中飘着大雪，寒风卷着枯黄的落叶直往他身上扑打，空旷的大街上除偶尔驶过一两辆汽车外，基本上没有了行人。他弓着腰，袖着双手，把头埋得低低的，瑟瑟缩缩地疾步前行。为了尽快赶回家照看儿子，他抄近路走进了一条僻静的小街。走着走着，忽见小街转角处的垃圾桶旁躺着一个破旧的小钱包，他知道这是别人不要了丢弃的，但仍抱着一线侥幸的心理把它从地上捡了起来。打开一看，果真一分钱也没有，他刚燃起的一点希望也破灭了。不过里面有几张小纸和一张名片，仔细一看，是发行的电脑乐透彩票，他又幻想着，也许这几张彩票就会有中大奖的希望吧。

回到家，儿子趴在沙发上睡着了，他抱起儿子，看着儿子的一根食指塞在嘴里，嘴角流出了一大摊口水，脸上满是泪痕，他知道儿子是饿极了而睡去了的。禁不住一滴清泪掉到了儿子稚嫩的脸蛋上:“乔治，是爸爸不好，没让你过上好日子，爸对不住你！”他心疼地搂着可怜的儿子，不禁悲从心中生，泪水顺着脸颊流进了鼻腔，流进了嘴角，酸酸的，咸咸的，自怨自艾地度过了一个难忘的凄苦之夜。

第二天，亨利找出了家中珍藏的一枚戒指，这戒指是母亲送给他的结婚纪念物，曾戴在新婚妻子的手上，留给他许多温馨的回忆。他将戒指拿到当铺里去典当了200美元，买回了食物和 些生活必需品，父子俩的生活才有了些许生气。解决了眼前的温饱问题，他又赶紧出外找活干，可街头流浪的失业人员太多，他仍是无望而归。

晚上，无聊的他观看电视节目时，见到彩票今晚开奖，这才想到捡到的那几张彩票，拿出来一看，就是今晚开奖的这期彩票，一共有8张。奖号摇出了一个，他依次对了一遍，只有一张彩票上有这个号。他屏住呼吸，静静地等着继续摇号。呀，第二个号码也对上了，这就又多了一丝中奖的希望。真不敢想象，第三个、第四个、第五个号码都陆续对上了！就剩下最后一个激动人心的号码了，在热切的盼望中，待摇奖机搅动几十个奖球转了几圈，吐出一看，真是心想事成，竟是他最盼望的那个号码！6个号码全都对上了！就是说，这张彩票中了大奖，是整整7200万美元的大奖啊！他好一阵激动，好一阵欣喜，不禁对滚滚而来的财富展开了无尽的遐想。

兴奋过后，他又冷静下来思考，这彩票是中了大奖，可这彩票不是我买的啊！别人买的彩票我去兑奖，我成了什么人啦？我虽穷，但要穷得有志气，我不能贪占不属于自己的东西。这30多年我都是这么清清白白地过来的，难道就要因为一笔意外之财而昧了我的良心？不，我不能这样做，我应该迅速去找到彩票的主人。

亨利循着名片上的地址，找到了住在东区的约翰家。进得屋里一看，约翰家里的破败和寒酸令他倒吸了一口凉气：女主人病恹恹地躺在床上，不停地喘着粗气；坐在床边的丈夫，孤苦无助地望着病入膏肓的妻子；地上或爬着，或躺着3个衣衫褴褛、面黄肌瘦的小孩，看样子已是饿得奄奄一息；家里什么像样的家具也没有，嗖嗖的寒风从破损的窗洞中灌了进来，整个屋子像一个霜气凝重的大冰柜。亨利没想到在这座繁华的城市里还有比他更穷的人家。男主人见有陌生人登门，不觉惊惶起来:“先生，你是杂货铺的伙计吧？欠你们的债，我一定、一定会还的。可我们家中已经3 天揭不开锅了，妻子又……哎，实在没办法，一家5 条命要活啊！你行行好，再宽限我们几个月吧！”亨利的心不由一阵阵抽紧，他忙说：“老哥，我不是要债的，跟你一样，我也是一个穷人。我知道你可能就是约翰先生，但我仍然要看一看你的身份证。”男主人疑惑不解地取出了他的身份证，亨利一看，果然不假，这就是他要找的约翰先生，他紧紧握住约翰的双手：“恭喜你，约翰先生，你买的彩票中了大奖！”约翰一头雾水，以为来人是来找他寻开心的。亨利忙把拾到彩票的经过述说了一遍。

真是喜从天降，中大奖的彩票失而复得，陷入绝望的约翰一家立刻惊喜万分。约翰激动地拉着亨利的双手使劲地摇了起来：“小兄弟，你真是我家的救命恩人，这大奖，没说的，咱俩平分！”

亨利急忙摇头示意：“不不不，这彩票本来就是属于你的，我不能占半分。约翰先生，你发财了，反正也需要雇人，我给你管理花圃草坪，我还能修车，只要给我工作，我就能自食其力！”

约翰仍是激动不已：“哎，我的好兄弟，看你说到哪里去了？天底下难寻你这么诚实的人！你捡到了这不记名不挂失的彩票，本可以自己去领大奖的，你却冒着风雪连夜给我送来，难道我的心不是肉长的？论情、论理，你都该有一份！小兄弟，快别推辞了，你对我这么好，咱穷哥俩还分什么彼此？”

两人推来让去，亨利实在拗不过约翰的一片好意，但仍不愿平分，最后答应只取全部奖额的六分之一。六分之一，仍是1200万美元的巨额奖金呀，对于一个穷困之家，是天降甘霖了。苍天有眼，幸运和诚实改变了两个贫困之家的命运。

刻在墓碑上的爱

这个故事发生在200多年前的英国。

这天，约翰捧着一束黄色的菊花来墓地看望故去的妻子。因为妻子喜欢菊花，所以他在自家的院子里种满了各种各样的菊花。去年妻子突然辞世，伤心的约翰离开了英国，去世界各地旅行，异域旖旎的风光渐渐驱散了他心头的悲伤。

几天前他回到了伦敦，伦敦照样是雾霭沉沉。今天是妻子的忌日，他静静地站在妻子的墓碑前哀悼完后，意外地发现旁边多了一块新墓。更令人惊讶的是这块墓碑上刻有一则奇特的碑文：约翰·史密斯先生（1770年5月3日—1808年8月10日），我很为我的遗妻悲伤，极希望有情人去安慰她并与她结为终身伴侣，她很年轻，芳龄36岁，具有一切好妻子的美德。有意者请前往本地教堂街4号找南希女士。

“自己不就是约翰·史密斯吗？我活得好好的，谁给我立了这样一块墓碑？”约翰气坏了，他决定要对此事一探究竟。

约翰按照墓碑上指示的地址找到了南希。南希是一位满头银丝的慈祥老人。当约翰说明了来意后，南希·施德劳斯太太说：“别急，年轻人，我正等着你上门呢——咱们得好好谈谈。”

约翰跟着老人来到了后院草坪上，两人在小圆桌旁坐了下来。南希娓娓地谈起了事情的原委。

两年前的一天，南希·施德劳斯太太在街头徜徉，看见一个年轻人，啊，也许应该称作中年人更恰当吧，高高地举着一块广告牌在街中心站着。广告牌上写着：我——戴卫·科波菲尔，将不得不向这个我依恋的世界说声再见。我知道对于我的妻子而言，这是不公平的。我说过要陪她白头到老，可是我不能完成这个爱的使命了。希望有一位善良、懂得爱的男人来替我完成这个使命。

街头很多路人围着他看稀奇，有的为戴卫博大深厚的爱而赞叹，有的却说他是哗众取宠，你去就去了吧，找不找男人是你身后妻子的事，何必多此一举？“不能完成爱的使命”，南希知道戴卫一定是得了什么不治之症，不然怎么会抛头露面在街头出此奇招？她看现场没一个人接招，心想再这样拖延下去，不仅实现不了戴卫的心愿，反会增加他的病情。南希就招呼戴卫跟她到了一处僻静地，问他究竟是怎么一回事。

戴卫说，他确实得了绝症，将不久于人世。可他对妻子露西承诺过，要陪妻子白头到老，但现在他不能履行自己的诺言了。他有一个最后的心愿，就是在告别尘世前，帮妻子找一个善良的男人，让这个善良的男人能接替他完成爱的使命。他在和时间赛跑，为实现自己人生中最后一个心愿而努力。

南希被戴卫坦荡无私的爱所感动，她向戴卫建议：我继承了丈夫的遗产和遗志，开办了一个慈善性质的、专门接纳危重病人的康复俱乐部。你到我的俱乐部来吧，兴许对治疗你的疾病有利；再说，那里人多，说不定病友就会帮助你实现这个愿望。

戴卫认为南希说得在理，就跟着南希女士到了她的康复俱乐部。俱乐部环境优美，设施齐备，戴卫受众多病友欢乐情绪的感染，过得很开心。医生给他下的只能活6个月的结论，他却乐而忘忧地活了两年整。

约翰关心地问："那么，戴卫为他的爱妻寻找伴侣的愿望最终实现了吗？"

南希摇摇头说："很遗憾，没有实现，或者说只实现了一半，戴卫已经暗中找到了看中的人，可是却没能把自己的心思向他表达，就抱憾地离开了这个世界。"

"谁？"约翰关切地问。

南希停顿了一下，两眼直直地盯着约翰："就是你呀！

戴卫说他已经跟踪了解你多时了，你是他相中的最为满意的人选！”

“这……这……这……原来是这个戴卫呀？”约翰恍然大悟。约翰记得，那次他的马被惊吓，马车剐伤了这个自称是戴卫的人，本来是他的责任，可戴卫硬要说是他自己走路不小心。戴卫出院后，两人经过多次的交往，成了很好的朋友。约翰很欣赏戴卫的直爽和热情。

约翰道：“不对不对，我和戴卫认识时，我的妻子还在世，他怎么能打这样的主意？”

南希笑笑，说：“这件事又多出了一个环节。我另外有一个朋友，她很关心你。她告诉我说，你是一个非常重感情的人，但生活上却像一个大男孩，不会照料自己。她知道你妻子的病情，担心你爱妻去世后，你的生活会过得一塌糊涂，于是就委托我，替你物色一个能接替你妻子来照料你的女人。这不，一个为妻子物色丈夫，一个为朋友物色妻子，两好合成一好，我只不过是从中穿针引线罢了。”

约翰不解了：“谁这么了解我关心我呀？”

南希幽默地笑了：“这个人是你的朋友，也是我的朋友——她就是你已去世的妻子玛丽呀！啊，忘了告诉你，玛丽生前也是我的康复俱乐部的成员。她曾经多次嘱咐我，让我在她去世后转告你的话就是：亲爱的，如果我撇下你一个人在尘世上孤苦伶仃，我会很愧疚的。只有你在这个世界上快乐地活着，我在另一个世界里才会开心。你要永远记住我们曾经说过的一句话，爱，就是为了让对方更幸福。”

约翰怎会忘记他们共同说过的这句话呢？可是玛丽却走在了他的前头，叫他很难面对这个现实。但他却表示，恕难从命，自己太爱玛丽了，心中没有其他女人的位置。

南希反问道：“如果这个女人是你妻子生前就选定了的，而且十分优秀，甚至在好些方面超过了玛丽，这样的女人你还会拒绝吗？”

约翰想了想，说：“就是有这样的女人，就算我遵照玛丽的意愿，我会像爱玛丽一样去爱她，可她会像玛丽一样爱我吗？”

南希笑笑：“这你就不用担心了，玛丽相中的人，还会有错吗？同样，戴卫瞧得上眼的人，也会令他的露西满意的。约翰，你就不要犹豫了吧！”

约翰一时难以决断，他故意避开这个话题问：“戴卫的墓碑上为什么要刻上我的名字呀？”

南希说：“不刻上你的名字，能引起你的注意吗？你会愤愤不平地前来找我吗？戴卫嘱人将遗愿刻在墓碑上，有这么两层意思：一是妻子后续伴侣的最佳人选，就是你约翰；如果你约翰不同意，其他人也可去应征。其实墓碑是双层的，要等到你或者其他能入选的人答应和露西结婚后，受他生前委托的人才会来揭开墓碑的上面一层，露出刻有戴卫生平的那层墓碑。”

南希的叙述深深打动了约翰。这是两位地下亡灵的殷殷期望，是多么伟大又多么无私的爱情啊，像有两双眼睛在深情地望着自己，在鼓励他勇敢前行。约翰已被感动得双眼噙泪。他望着南希女士，默默地点了点头。

亡妻的眼光没有错，通过接触，他从露西的身上，看到了玛丽温柔善良的影子。三个月后，约翰和露西携手在玛丽和戴卫的墓前，举行了一个庄重的婚礼。但他没有揭下戴卫墓碑上刻的内容，而是在后面续刻上了一段话：安息吧，戴卫·科波菲尔，我的好兄弟，约翰·史密斯已不负重托，接替您完成这个爱的使命。

约翰保留着这块墓碑，就是要告诉更多人，他和露西拥有了世界上最深沉的爱情。

就要逼着你还钱

这天早上，布朗太太一打开院门就惊叫了起来：“布朗，布朗，快来看……”

“艾丝蒂，咋啦？”布朗闻声跑出了院门，见门外到处抛着一袋袋的垃圾，有的装着粪便，有的装着动物内脏，袋子已被故意挑破，洒了满满的一地，臭不可闻。

布朗知道，这是有人在故意报复他。几个月前，他所经营的公司被一个供货商骗走了巨额货款，他公司的资金链一下断裂，被迫破产，他已没有偿还所有债务的能力。但他向债主们承诺，他欠账绝不赖账，他会努力去挣钱，一旦他的经济状况有所好转，他就会逐步还清大家的钱。他是一个守信用的商人，多数债主都相信了他的承诺，但也有极少部分人扬言，如果三个月内还不清欠款，就要对他采取报复行动。现在三个月过去了，果然有人向他发出了还款警告。

布朗与妻子商量怎么办。艾丝蒂说："你看，你一时又找不到事干，唉声叹气又不是个办法，咱们不如背水一战，把这座宅院卖了吧。很明显，此次骚扰就是冲着咱们这座宅院来的，在债主们的眼里，欠债者就不该住这么好的宅院。咱们卖了宅院，不仅能减轻还款压力，还省得让债主们心理不平衡。"

布朗摇摇头说："不妥不妥，宅院是祖产，父亲曾跟我说过，再困难也不能失去祖产，失去了祖产就意味着失去了再创业的根基。咱们还是另想办法吧。"

可布朗满大街转悠着，仍然没找着赚钱的路子，门外的骚扰却一刻也没有停息。他有些灰心了，就向妻子提议道："咱们还是离婚吧，宅院归你和儿子所有，我扫地出门，带走所有债务，让你们母子俩过点安生的日子。"

艾丝蒂正色道："你怎么能说出这么不负责任的话？咱们有福能同享，难道有难就不能共担？咱们什么时候让困难难倒过？咬咬牙关，想法子再创一份事业，我就不相信迈不过这道坎！"

布朗叹气道："要再创业，谈何容易啊？我们现在被逼到这个地步，哪来资金？谁愿借钱给你？"布朗数出了一大堆困难。

艾丝蒂说："办法总会有的，都努努力吧。"

这天，布朗闷闷地说想到海边去走走。艾丝蒂见他的神情有些异样，担心他发生什么意外，就坚持要和他一道去。布朗开着他那辆廉价的二手车走了。

到了海边，布朗脱下外衣就奔向了大海，他想借海浪冲刷掉心中的郁闷。艾丝蒂紧随他的后面。游了一会儿，两人都疲倦了，携手回到了沙滩上，懒懒地晒着太阳。

来海边游泳和晒日光浴的人并不多，布朗夫妇身边躺着一对慈祥的老年夫妇，在幸福地享受着暖暖的阳光和习习的海风。一会儿，突然起风了，风势一阵猛似一阵，天际的一大团乌云直往头顶上移动，海浪也一下汹涌了起来。老年夫妇躺不住了，立起身来焦急地向大海张望，高声地呼唤着："亚瑟，回来！快回来！"隔了一会儿，才隐隐约约从大海深处传来了一个小孩的呼救声。

老年夫妇急慌了，老头跃跃欲试地要奔向大海，布朗赶紧拦住了他："老人家，我去救人！你这么大年纪了，千万别下水！"布朗说着就扑向了大海，两臂奋力搏击着汹涌的海水，向小孩的呼救声处游去。

老年夫妇和艾丝蒂在岸边焦急地等待，过了好一阵，才见布朗一手挟着亚瑟，一手划着水游回来了。布朗一上岸，将亚瑟一放，就疲惫至极地瘫在了沙滩上。

亚瑟得救了，布朗也渐渐缓过了气来。布朗这一段时间的心情都很灰暗，此次确实有了此一生的念头，但妻子一直跟着他，让他没有机会实施；现在从恶浪中救出了亚瑟，老年夫妇一个劲地谢他，他方才觉得自己还是一个有用的人，也就不自觉地打消了这个可怕的想法。老人名叫豪斯，退休前是当地一个著名的银行家。他再三表示一定要重重地酬谢布朗。布朗微微一笑："老人家，恕我不能接受你的馈赠。是的，我眼前确实遇到了麻烦，但先父生前有遗训，人活着，活的是一个志气，不能接受别人的施舍。"豪斯见劝不过他，就提了一个折中的建议："好样的，年轻人！但刚才你太太谈到了你家面临的困难，我无论如何得帮助你。这样吧，我先借给你10万美元，帮助你选择一个能赚钱的小项目，你什么时候有还款能力了，再把钱还给我！这不算对你的不恭吧？"布朗思忖片刻，点头答应了。

大风停歇了，海浪也缓了下来，今天有了意外的收获，布朗夫妇心情愉快地坐进了他们的轿车，可车子怎么也发动不起来。布朗叫艾丝蒂坐在驾驶位上，他下车推车。推着推着，突然从排气管口掉下一大团什么东西。他凑近一看，却是一块油腻腻、散发着特别浓烈腥味叫不出名的肮脏物。布朗明白了，这又是有人在跟他过意不去，认为他这样的人不配有车坐，不配来消闲。布朗苦笑道：这辆二手车只值区区几百美元，卖了它还谁的债都不够呀？我有这辆破车只是为了找工作方便，何必逼人太甚呢？

艾丝蒂见丈夫怔怔地站在车后，也下车来到了他的身边，一看车后面的一团污秽物，立刻明白了是怎么一回事。她提议道，咱们把它带走吧，省得咱们下次来还被这东西堵上排气管。布朗说，这东西太难闻了，放在车上叫人不舒服。艾丝蒂说有办法，她从车上拿来几个塑料袋，一层层将这团东西裹了个严严实实，将它放在了后备箱内。

三个月后，布朗兴冲冲地拜见了豪斯老人，见面后就说要还他的钱。豪斯感到奇怪："不对。根据我的测算，你搞的那个项目才刚刚有起色，也就是说才开始有盈利，怎么就谈得上还钱。难道你的公司不办了？"

布朗答道："钱要还，公司也要办。我已偿还了所有债务，我的事业正如日中天！"豪斯更不解了。

布朗解释道，他们夫妇那次从海滩带回那团污秽物后，艾丝蒂将它抛在了后院的水池旁，日子一久，就把它淡忘了。后来过了一段时间，他们来到后院清理园子，发现这团污秽物经过风雨的冲刷，当时的臭味已经散尽，散发出一种陌生的淡香。艾丝蒂想弄个明白，就割下一小块样品去向海洋生态学家请教，海洋生态学家欣喜地告诉她，这是海洋里极为稀罕的天然龙涎香，比黄金更为难得，被誉为"海上浮香"，香水制造商只有在配制高级香水香精时才会用到它，每克价值几十美元。艾丝蒂高兴极了，他们捎回的这团"污秽物"一共卖了100多万美元，不仅还清了所有的债务，还发展壮大了自己的产业。

后来，布朗成了远近闻名的企业家。有一次他偶然得知，豪斯的孙子亚瑟，少年时在学校就是该市的游泳冠军，亚瑟当年不可能在海浪中溺水，他这才知道在他落魄和意志消沉时，有人暗中激励和帮助了他。他要去找豪斯言谢，艾丝蒂诡秘地笑笑，说："算了吧，豪斯叔叔早已移居到了国外。"

临死活个明白

钻石王老五乔治从医生手里接过检验单，不由惊呆了：癌，怎么会是肺癌？医生告诉他，已是晚期了，做手术已无意义了，看开点，人就这么一回事，迟早都要离开这个世界的，快快乐乐地度过这生命中的最后六个月吧。

乔治活得挺不易的。他是一名孤儿，通过多年的奋斗，终于成了千万富翁。有钱有闲了，日子却过得寡淡无味。他急于要寻求刺激，寻找快乐，被一伙狐朋狗友们撺掇着耗尽了家产。他戏剧般地又回到了从前，成了一文不名的穷光蛋。过去的一帮哥们都装着不认识他，对他避而远之。唯有约翰和汤姆在他最困难的时候，在精神上和经济上都热情地鼓励和帮助他，使他从逆境中重新崛起，如今又是一个远近闻名的亿万富翁了。

正该好好享受生活的时候，乔治却走到了生命的尽头。怎样度过这生命中的最后六个月呢？汤姆建议：“抓紧时间昏天黑地地吃喝玩乐，凡是没享受过的都去享受享受，花光亲手挣下的所有钱财，不留什么遗憾地离开这个世界。”乔治摇摇头苦笑道：“汤姆，我的好兄弟，你说的那日子我已经过过了，结果怎样呢？没意思！一千多万家产不是花了个精光吗，也没能找到快乐。现在时间这么宝贵和有限，我怎么还会去重复那些无聊的日子呢？”

约翰则建议说：“现在花钱已是小事，重要的是要找到快乐。乔治兄弟，你看这样行不，你听我的安排，一定让你快快乐乐地度过这最后的每分每秒，那才真正叫没有枉度此生呢。”乔治一向十分信任和看重约翰，他点头表示同意。

第二天是圣诞节。约翰给乔治化妆成圣诞老人，带着礼物，来到了孤儿院。乔治给每一名孤儿都送去了一份丰厚的礼物和祝福。孩子们都围着他唱啊跳啊，像一朵朵盛开的鲜花，同时又把最美好的祝愿回赠给了圣诞老人。乔治受到了孩子们的感染，像变年轻了似的，也手舞足蹈地和孩子们一道尽情地欢唱，忘记了绝症常给他的痛苦。他好久都没有这么开心了，仿佛又回到了他虽然贫穷却充满了欢乐的童年。

走出了孤儿院，约翰又领着乔治来到了街区一户最贫困的家庭。这个家庭的丈夫得重病瘫在了床上，无钱医治；妻子则干些洗衣送饭等小时工维持生计。这些天妻子也病了，5岁的女儿饿得哇哇直哭，一家人陷入了绝望之中。乔治给他们送来了一大堆食物，并着手安排男主人去医院治疗，同时嘱咐女人也要治好自己的病。男人嚅动嘴唇，挣扎着要起身致谢，乔治忙上前安抚他别动。女儿一见到诱人的食品，眼睛一下闪出了亮光，惊喜地扑了上去。女人激动得泪眼婆娑，“咚”的一下给乔治和约翰跪了下来：“好人哪，上帝保佑你们长命百岁！”此情此景，乔治的心被深深地刺痛了：仅仅是举手之劳，就让这一家人看到了生的希望；也就是他寻常一餐饭的花费，就使这个三口之家走出了困境。这一刻，让乔治明白了许多事理。

约翰接着给乔治建议，社会上还有不少孤儿和老人无家可归，日子过得十分凄苦，能否捐资为他们增建一所孤儿院和福利院。乔治格外慷慨地答应：“建，怎么不建？都这个时候了，我未必把我的钱财带到棺材里去呀？约翰，你听着，不是建一所，而是建十所，按高规格的建，让孩子和孤寡老人们在里面过得快快乐乐。”约翰忙点头答应照办。

时间过得很快，转眼六个月的大限就到了，可乔治并没有临死前那种绝望的感觉，身体和精神反而愈来愈好。他感到奇怪，在约翰的陪同下，又来到先前他看病的那家医院去复查。医生察看了他新拍出的胸片，又调出了电脑中他的病历档案，反复对照检查，过了好一会儿，才恍然大悟地拍着脑袋，连说："弄错了，弄错了，乔治并没有患什么肺癌，而是电脑出错，误把另一个病人的资料打印给了乔治。乔治全身其实并没有什么大碍。"

命运和他开了一个大玩笑，重又把他从死亡的噩梦中唤了回来。由于他的慷慨施舍，如今他又成了一个两手空空的穷光蛋了，又要回到从前穷困潦倒的日子中去了，他不禁哈哈大笑了起来。他的笑声如一串惊雷，粗犷洪亮，响彻屋宇，直透人心扉，不禁令人恐怖惊悸。

约翰吓坏了，担心乔治神经上受到了强烈刺激，不无关切地问："乔治，你没事吧？"

乔治一时收不住如开闸流水般奔腾的笑声："哈哈哈哈，没事没事，我高兴还来不及呢，怎么会有事？哎呀我太高兴了！"

约翰仍对他不放心："不不不，乔治，你不要那么难受，真的，你会有好日子过的。实话告诉你吧，我为你的财产是留了一手的，你现场的施舍我才及时兑了现，大的捐赠你跟我交代后，我并未实施，你的大部分财产都还在呢！乔治，你头脑清醒清醒，你现在癌症没有了，财产又还攥在自己手里，一切噩梦都过去了，这日子是不是会过得很开心？"

"开心，开心，怎么不开心？——什么，捐赠并未实施，这是怎么一回事？"乔治是丈二和尚摸不着头脑。

约翰解释说："得到你患了癌症的消息后，我不相信一向精力过剩的乔治会得此绝症。”他来到医院询问，医生即查出是电脑出错，并通过他代向他朋友致歉。作为乔治最好的朋友，深知乔治这40来年日子过得并不开心。他和汤姆商量，并与主治医生合作，决定将错就错，向乔治封锁消息，借误诊这件事，给乔治一个强刺激，让乔治走出抑郁和孤寂的阴影，帮助乔治寻找到人生的快乐。”

约翰继续解释说：“这几个月，我看你过得十分开心，而你的财产也保住了，我们这一举动是不是达到了预期的目的？乔治，我们背着你搞了这个‘阴谋’，希望得到你的理解和支持。你该不会因此而生我们的气吧？”

乔治使劲地摇着约翰的手，激动地说：“谢谢你和汤姆的良苦用心，让我这些天过得这么快乐，这么有意义，纵使死了也值！约翰兄弟，这短短的几个月，我算活明白了：钱算什么东西？如果钱不能换来快乐和幸福，只不过是一组抽象的数字，钱再多又有何益？我更明白了这个简单的道理，只有让别人快乐了，自己也才找到了快乐的根本！”

约翰又回头抛出这个问题：“那你还没捐出去的钱，还捐不捐呢？”

乔治态度十分坚决：“捐捐捐，怎么不捐？约翰，赶快去兑现我的诺言吧，只留一点再创业基金，把其余财产都捐赠出去。咱们继续干事业吧，咱还要给更多的人带去欢乐呢！”

魔力号码

老乞丐约翰买彩票中了6000万美元的巨奖，一时之间成了街谈巷议的头号新闻。别人中大奖都拒绝在媒体上披露，怕的是出了名后被敲诈勒索，遭谋财害命。他倒好，凡是记者登门，都来者不拒，并且将自己买彩票的经历和获大奖的情况如实地向记者们兜了个底，乐得记者们毫不费力地就从他身上获取了不少有阅读价值的新闻。

南丁是《自由女神报》的知名记者和传记文学作家，他以记者和作家的敏锐洞察力从老乞丐的言谈中感知到，老乞丐背后一定隐藏着一个悱恻绵缠的爱情故事。他了解到，约翰购买彩票，40多年来一直购买同一个号码，每次只买一注，次次必买，刮风下雨也不漏过，就是生病也不放弃。他选的这个号码，原来是他初恋情人生日中的6位数，再在后面加上一个零，表示团圆的意思。他用这个号码买彩票，是把自己对初恋情人珍妮的一腔爱意寄托在了上面。当年，他与珍妮被迫分手时，他向她郑重表示，此生非她不娶。他信守了自己的诺言，40 多年来，他放弃了对事业的追求，四处流浪，满世界寻找他心爱的珍妮，再也没有移情别恋过第二个女人。为了表达自己对珍妮的痴情，日复一日，年复一年，他一直以珍妮的生日这个号码购买彩票。中奖谈何容易，尽管一个失望接着一个失望，但他坚信，他就这么一直坚持地买下去，总有一天会中大奖的。到时候媒体肯定会对他加以大肆宣扬，他对珍妮忠贞不渝的爱情就会使得人人皆知，珍妮自然也就会知道这么多年他对她的一片痴情了。那时，珍妮一定会冲破重重阻力，前来与他重续前缘了。

南丁被这个美丽凄婉的爱情故事感动了，他决定，不仅要把约翰和珍妮感天动地的爱情故事挖掘整理出来奉献给世人，还要竭尽全力帮助约翰寻找到他分别40 多年的初恋情人。

南丁通过他和媒体朋友的共同努力，终于获得了一些有关珍妮的线索。但前来相认的，经过考察，均不是真的珍妮，她们都是冲着约翰这6000 万巨奖而来的，很令约翰失望。这天，南丁认为真正的珍妮出现了，他查看了这位老太太的身份证，姓名和出生年月日都吻合，询问了一些相关问题，老太太也回答得八九不离十。当约翰见到珍妮时，先是一怔，继而惊喜，然后亲亲热热地和珍妮叙起了往事。聊着聊着，约翰情不自禁地唱起了一首歌："在那美丽的草地上……"刚唱了一句，却突然停了下来，两眼紧紧地盯着珍妮，珍妮着急地望着他："约翰，你唱呀，这么好听的歌接着唱呀！"约翰感到奇怪："怎么是我唱呢？该你接着唱了呀！"珍妮一时懵了，好一会儿才醒悟过来，慌里慌张结结巴巴地唱了下去："有一位……美丽的……姑娘……"约翰大声嚷道："不对不对，你不是我的珍妮，我的珍妮知道这下一句是怎么唱的！"珍妮不解地望着约翰，欲要解释什么，见约翰气咻咻不屑一顾的样子，只得悻悻地离去。

又隔了几个月，一个自称"承不承认我是珍妮不要紧，我无论如何要见上约翰一面"的女人与南丁联系上了，南丁拗她不过，让她和约翰见了面。当约翰唱道："在那美丽的草地上……"时，女人接着唱了起来："东边走来一位少年，他的名字叫约翰……"约翰兴奋地接上："西边走来一位少女，她的名字叫珍妮……"女人接着唱："善良的约翰对着美丽的珍妮发誓，他一定要娶她为妻！"歌曲对唱完了后，约翰又给女人打起了旁人弄不明白的谜语，女人都一一准确地猜出了，约翰激动得一把紧紧地抱住了女人："你就是我的珍妮！珍妮，我的珍妮！"

原来，他们刚才对唱的歌曲，既不是经典的爵士乐，也不是流行的乡村歌曲，而是他们在热恋中共同创作出来的，虽然词曲都不够完美，但只有他们两人才能深谙其中的含义。约翰所打的谜语，也暗含着他俩相爱时的爱情小典故，别人自然是无法猜中了。所以，当眼前依稀可见当年珍妮影子的女人唱出了那熟悉的旋律、委婉的音符，又猜中了谜语时，他心中就有一只小鹿在猛烈地撞击，有了当初热恋时的感觉，他就断定这就是他日思夜想了40多年的珍妮了。可此时女人却从他的怀抱里挣脱了出来："对不起，约翰大哥，我不是你的珍妮！"

不是我的珍妮，这怎么可能呢？谁能知道只有他们两人才拥有的秘密？女人解释道，她确实不是珍妮，她是珍妮的妹妹玛奇。那年约翰与珍妮相爱的秘密被珍妮的父亲发现后，作为小农场主的父亲气得暴跳如雷，他怎甘心把自己心爱的女儿嫁给一个当佣工的穷光蛋呢？他气急败坏地解雇了约翰，恶狠狠地将约翰赶得远远的。为避免约翰再回来纠缠珍妮，他又与另一家距离很远的农场主交换了土地，将农场搬离了原来的地方。珍妮与约翰被强行拆散后，仍念念不忘与约翰山盟海誓的爱情，由于忧思过度，没几年就郁郁而死。玛奇在整理姐姐的遗物时，读到了姐姐记叙着两人情意绵绵的爱情日记，很为他们之间真挚深厚的爱情所感动。后来又在媒体上见到了约翰买彩票得大奖后寻找珍妮的报道，她就觉得有与痴情的约翰见上一面的必要了。

约翰获知珍妮去世的真相后，像被霜打的茄子，整日闷闷不乐，沉默不语，没熬过几日，就含恨而死。得大奖本来是人生的一大快事，应该高兴才是，却出人意料地落个猝死的结局。南丁不解，他采访了一名曾给约翰看过病的医生。医生解释说，约翰因积郁成疾，早就患上了严重的肝病，他能坚持到今天，是希望有朝一日能与珍妮重聚的巨大精神力量支撑着他。他把对珍妮的思念，寄托在每次购买彩票的特殊号码上，是珍妮的这个生日号码，给了他信心和力量。如今因中巨奖而知道了珍妮已逝的真相，他心中的精神支柱一下轰然坍塌，他再没了生活下去的勇气，所以，千万美金对他已失去意义，他就追随着心爱的珍妮而去。

相约在来生

大卫实在忍无可忍，一摔门，愤然出走了。什么事使他“忍无可忍”呢？他说不清道不明。妻子蒂娜，十年前还是光鲜鲜、水灵灵的一朵花，舞会上众星捧月的皇后，挽在手上的一枝含羞草，是他苦苦追求，她才投入他的怀抱的。不久，他们就有了爱情的结晶，先后生下了长子汤姆和次子吉米。日子过得和和乐乐，甜美无比。

可是，这样的日子过了没几年，大卫愈来愈觉得妻子平庸得令人乏味。她30岁不到，就已出现了下垂的眼袋，一双眼睛鼓胀得像两个胡桃似的，两腮向外凸出，松弛的胸肌往下耷拉着，肥厚的下巴拉扯着一张嘴，大大的，令人看着不舒服；身板已变得臃肿和迟钝，走起路来一摇一摆，像蹒跚行走的鸭子。大卫开始是委婉地提醒妻子注意一下仪表，做做健美运动。

可蒂娜总是说她又要工作，又要照料两个孩子，还要照顾他这个“大孩子”，没时间去顾及这些。大卫建议她把工作辞了，一心一意搞家庭，搞自己的身体。蒂娜说：“不行不行，我们又没什么积蓄，光靠你一人的收入养活全家，太难为你了。”

大卫见妻子不听劝告，渐渐地对她失去了信心，产生了厌恶之情。特别是在舞会上，当别人询问他身边的女人是谁时，他支支吾吾地回答：“是……是……是我的……妻子。”别人会立刻露出吃惊的神情：“哟，是蒂娜？真看不出来，当年的舞会皇后，怎么变得……变得这么富态了？”看着那一对对依然活泼美丽的身影出入在舞池中，他窘迫极了，恨不得马上逃离这个曾使他十分荣耀的夜总会。

大卫想离婚，可是找不出充分的理由。蒂娜除了人未老珠已黄外，其他方方面面都称得上是一个合格出色的妻子。尽管蒂娜发觉丈夫对她有不满意的情绪，可是她依然尽心尽力地伺候丈夫，照料孩子，把全家人的衣食住行安排得井井有条、妥妥帖帖。没有蒂娜做出的牺牲，这个家庭的日子是无法想象的。可大卫却觉得失去了生活中最重要的东西。他想对蒂娜发火，泄泄心中的郁气，可蒂娜总是笑呵呵地萦绕在他身边，时时为他效劳尽力。雷公不打笑脸人嘛，他连火也发不起来。他闷得慌，特别是晚饭后附近隐隐传来爵士乐时，看着身边这个下得厨房却上不得厅堂的妻子，心里像猫抓似的难受。在他们这个国度，不能参加社交活动，不仅仅是没有了欢乐，还意味着失去了一切，他绝不能一辈子待在家里不出门。

于是，经过了一番苦苦思索后，大卫决定离开这个能给他舒适却不能给他快乐的妻子。他愤然出走了！

离开了伦敦，他心里轻快极了。可是，到哪里去呢？对，到法国去，离开这个令他生厌的妻子愈远愈好。

到了巴黎一个多月后，他的心情就不那么轻松了。天天翻看报纸上的招聘广告、跑职业介绍所、泡酒吧间，为谋职求人，好话说得口干舌燥，成天东奔西走弄得筋疲力尽，工作还是没有着落。他真有点后悔不该抛妻别子来吃这份苦头了。

落水者总算遇到了远方驶来的一艘航船。半年后，他谋到了一份差事。有了自己的住房，分期付款购到了一辆汽车，他过上了安定富足的生活。自此，他每天晚上仍出入于夜总会的舞池。

他去了夜总会几次后，渐渐地注意上了一个迷人的女郎。这个女郎有一双大而明亮的眼睛，鹅蛋脸上嵌着一对浅浅的酒窝，一只恰到好处的鼻子，一张小巧的嘴，微微一笑，像一朵绽开的鲜花。女郎总是默默地坐在他邻近的位置上，有人邀请，才嫣然一笑，翩翩步入舞池。

这晚，乐曲声一起，大卫就彬彬有礼地来到女郎跟前，很有风度地向女郎躬身致意："请贵小姐跳个舞，好吗？"女郎微微一笑，友好地伸出了手，随着音乐的旋律旋进了舞池。

啃，好娴熟的舞步，好灵巧的舞姿，大卫轻轻一带，女郎就跟上来了，尽兴地从舞池这端旋向舞池的那端，如影随形，如云追月，两人配合得那么默契，整个舞会的焦点都集中到他们身上。青春的活力重又回到了大卫身上，大卫心中涌起一股满足的欣喜。

轻松、舒缓的慢四拍里，大卫问女郎："请问小姐芳名？"女郎款款答道："海伦。"

"啃,人如其名,都这么漂亮！"海伦不好意思地低下了头。

一来二往，两人渐渐熟识了，大卫对海伦产生了一种难分难舍的感情。

一天，大卫忘情地拉着海伦的手说："嫁给我吧，海伦！"

海伦吃了一惊，嗫嚅着："这，恐怕不合适吧……"

大卫一把拉过海伦拥抱着："怎么不合适？我爱死你了！"

海伦从大卫的怀抱中挣脱出来："大卫，说实话，你真心爱我吗？"

大卫直点头："爱，真爱，我爱你爱得快要发疯了。"

"那好，你得答应我一个条件。"

"什么条件？"

"我们结婚后不要孩子。"大卫想了想，点头答应了。

结婚后，大卫更感到海伦的醉心可意。海伦不仅烧得一手好菜，在这一点上，绝不亚于前妻蒂娜，她还想方设法让大卫的生活过得快乐充实。特别使大卫感到满意的是，海伦没染上半点不良嗜好。她不抽烟、不喝酒，每天不用大卫提醒和督促，都准时到健身房进行健美训练，晚上陪大卫一起到公共场所进行娱乐和社交活动，神采总是那么飞扬，精力总是那么充沛，使大卫感到他一刻也离不开这位既漂亮又贤惠的妻子。

大卫的日子过得很顺畅、很快乐，一晃二十多年过去，大卫已是56岁的人了。就是这年，大卫觉得舞步迈不动了，连行走也感到吃力，胸腹部感到一阵阵剧痛。进医院一检查，医生悄悄地告诉海伦："你丈夫已是肝癌晚期，顶多还能活三个月，你尽量满足他的愿望吧！"海伦强忍住眼泪不往外掉，装出一副轻松快活的样子对大卫说："医生说你太劳累了，回家好好休养几个月就没事了。"

大卫躺在病床上，海伦陪他聊天，谈愉快的事；为他喂药喂水，制作精美的食物；为他做着一切可以使他感到欣慰的事。这天，海伦领来了两个年轻人，他们走到大卫病床前向大卫轻轻地俯下了身，跪了下去："爸爸，请原谅我们来晚了。"大卫十分惊异："这是怎么一回事？你们是……"年轻人答道："是妈妈通知我们说爸爸病了。""妈妈？"大卫疑惑地把眼光转向海伦。海伦点了点头："是的，是我打电话叫他们来的。"

大卫的目光在两个孩子和海伦的身上来回地扫来扫去，最后停在了海伦的身上，吃力地发问："你的孩子？你以前结过婚？"海伦赶紧凑上前去，点了点头："请原谅我以前一直没告诉你。”大卫急剧地咳嗽了起来：“我不怪你，我不怪你。海伦，我的好妻子，我对你也隐瞒了一段过去的婚姻史，我才是真正地对不住你。”接着，大卫把他与蒂娜的一段经历谈了出来。他把妻子的手拉得更紧：“海伦，我对不住你，也对不住一心爱着我的蒂娜，你们两个女人都是世界上最美、最好的人。海伦，我在你面前谈起她，你该不会记恨我吧？我真混，真糊涂呵，我怎么就那么看重一个人外在的美呢？我知道我不行了。我先后得到过你们两个女人最纯真的爱情，我死而无憾了！可是，可是我还有一件事放心不下，放心不下。我死后，请你，请你帮我找到蒂娜，请你向她，转告我，我真心的忏悔！我对不住她，当然也对不住你，还有我和蒂娜的两个孩子，我没尽到做父亲的责任……”

海伦终于忍不住扑在了丈夫的胸前，哭了起来：“大卫，大卫，我的好丈夫！我就是蒂娜，我就是蒂娜呀！这两个孩子，一个是汤姆，一个是吉米，他们就是你的亲生儿子啊！”

“儿子？我的亲生儿子？这是怎么一回事？海伦，海伦，你真是蒂娜？我该不是做梦吧？”大卫紧紧拉住妻子的手，眨巴眨巴昏花的双眼，恍若隔世，非常吃惊。

“是真的，我的大卫。这两个孩子自我们离开后，一直住在外祖母家，长大成人，都已娶妻生子……”

两个年轻人肯定地向父亲点了点头。

原来，大卫离家出走后，蒂娜心里受到了强烈的震撼，她思来想去，终于想到了是自己已没有了青春活力，不能给丈夫带来快乐，损伤了丈夫强烈的自尊心。于是，她把两个孩子托给自己的父母，去美容医院做了整容手术，又以坚忍的毅力参加了健美训练班。几个月下来，她焕然一新，变成了一个窈窕健美的女子。她打听到了丈夫的去向后，就改名海伦飞赴巴黎，重新与丈夫结了第二次婚。她给丈夫带来了不尽的欢乐，并且帮助丈夫认识到了过去的错误行为。

听完妻子的叙述，大卫激动得双手颤抖起来，嘴唇哆嗦着："蒂娜，我的好蒂娜，我对不住你，对不住你。你能原谅，唉，原谅我那可憎可笑的错误吗？"

"我早已原谅你了，我们都已经原谅你了。你的儿子不是看望你来了吗？大卫，你的蒂娜始终没有离开过你，今后也不会离开你，安心养病吧。"

大卫太激动、太疲倦了，仍紧紧地抓住妻子的手不放："蒂娜，我谢谢你，谢谢你。我这一辈子，欠你的太多太多了。我知道，我不行了，我不能报答你对我的恩情了。如果，如果有来生，只要你不嫌弃，我们，我们还做夫妻……"说完，头一歪，昏迷过去了。

富翁拉车

戴维斯是美国W 市惠尔达电器公司的总裁。由于他经营有方，他的公司已经发展成一个拥有数亿美元资产的跨国公司，他在当地已是一个众人瞩目的大富豪。近来，他却因公司的经营处于困境而弄得焦头烂额。由于美国经济的不景气，影响到制造业和公众的消费水平。惠尔达公司生产的家用电器全面滞销，库存量日增，资金已到了不能周转的地步。如不能及时打开产品销售局面，公司将会迅速地陷入破产的境地。

有名的推销商史坦奇闻听到这个消息，了解了惠尔达公司产品的性能后，主动地找上了门。他拍着胸脯对戴维斯夸下了海口：“贵公司生产的产品，只要由敝公司承做推销广告，销路定会大增。如不能实现承诺，我情愿用人力车拉着你在W 市大街上兜风，让大家都知道我是一个无能的人！”

戴维斯如天旱遇到了及时雨。他见对方对打开产品销路那么有把握，不由剑眉一蹙，若有所思，机智而又幽默地回答：“不不不，只要你替我的产品打开了销路，我情愿用人力车拉着你在W市大街上兜风！我希望拉车的是我而不是你！”

“好！一言为定！”史坦奇受命而去。

史坦奇在推销产品上确实有高招。他先从推销惠尔达公司最滞销的剪草机着手。他租用了几台大平板车，将预先整块铲下的草坪摆放在汽车平板上，分赴几个商业中心城市，轮流在人口流动大的口岸用惠尔达公司生产的剪草机向人们做剪草演示。由于该剪草机性能优良，价格适中，人们又亲眼看到了它新颖的外观设计、小巧轻便的体积、使用方法易掌握等优点，都纷纷购置。此种独特的推销方式又经记者们渲染后在新闻媒介上爆炒，惠尔达公司积压的剪草机由此一销而空，出现了供不应求的趋势。

戴维斯大喜，他不食前言，果真兑现了自己的诺言，亲自拉着人力车上门请史坦奇上坐。史坦奇也不推辞，大大方方地坐了上去。

这天，W市街头好生热闹，人们簇拥在街道两旁驻足，翘首观看本市发生的一桩奇特新闻：声名显赫的亿万富翁戴维斯用人力车拉着著名的推销商史坦奇。史坦奇端坐在车上，跷着二郎腿，昂着头，用右手托着下颏，是那么志满意得。而戴维斯呢，微笑而坦然地拉着人力车，向人们热情地行着注目礼，全然没有跨国大公司总裁的架子。当人们弄清楚了是怎么一回事后，无不对戴维斯一言九鼎的诚信、谦恭的态度和礼贤能人的精神肃然起敬。

这件新鲜事凭借着现代通信工具和传播媒介迅速传到了世界各地，惠尔达电器公司的知名度大增，该公司生产的电器产品在市场上一时成了供不应求的抢手货。

猎艳高手

谭智士携带200万元巨款，跋涉了几千公里路程，从东北的北春市逃到了地处大西南的成都。

谭智士是北春市某银行的网络技术人员，他用自己掌握的高超的网络技术，神不知鬼不觉地就提到了这笔巨款。他借领导派他去深圳出差的机会，辗转来到这四川盆地腹地的中心城市。

高度的警觉性使谭智士高超的网络技术发挥到了极致。他说，我干什么事都必须是一流的水平。在工作上，他是人人称道的业务尖子，把工作干得尽善尽美，无可挑剔。就是这次作案，他也把它做得天衣无缝，无懈可击。临行前，他将工作单位和家里的两台微机重新进行了格式化处理，消除了他所有的个人资料，不给办案人员留下任何蛛丝马迹。他还将自己在网上的

IP 地址，层层设了 5 个密码，等于给自己的电子信箱加了 5 把锁，即使是网络专家，也很难一窥他邮箱的内容。这样，他有什么事就可以向住在北春市的一个铁哥们儿发电子邮件，了解北春市的情况，而别人却没法掌握他的动向。他认为自己已做到了万无一失。来到成都后，他在处于城市远郊的富豪小区租用了一套豪华住宅。这里的房屋开发商把首批入住小区的住户视作上帝，他受到了相当的尊敬。来这里居住的人又相互不认识，他出入很自由，谁也不会过问他个人的私事。住上一段时间后，他买回一台电脑，寂寞时在电脑上玩玩游戏，钻研一下软件及网络技术，惊恐的心情渐渐得以平息。但他不敢贸然上网，他知道如是上网稍有不慎，就会给他带来严重的后果。

就这样他在忧虑与松懈的矛盾心情中度过了3 个多月。毕竟一人只身在外，周围没一个朋友和熟人，他时时感到寂寞难耐，日子难挨，一天竟不由自主地来到了附近的一家网吧。他当然不敢轻易使用自己的电子信箱，只是浏览一下网上信息，或是进入聊天室，以一个旁观者的身份，看网友们聊天。由于重案在身，他绷紧的弦一刻不敢松弛。

这天，他来到另一家网吧，进入了聊天室。他看网友们之间，都是言不由衷地戴着假面具在说话，觉得很无聊。渐渐地，一个网名“小荷”的女孩吸引住了他。谭智士在网上还是一个猎艳高手，以往在网上聊天，只要一遇到可心的女孩，他就会穷追不舍，极尽花言巧语之能事，直到把女孩的心俘获为止。凭他多年网上猎艳的经验，他判断小荷是一个单纯、天真的少女，与人交谈还带着几分腼腆和羞赧，是那种纯净如水、清澈见底的女孩。

见到这样可爱的女孩，他心里痒痒的，想立即与她搭上话。但重案在身，他可不敢那么冒失。为了更加稳妥行事，他利用网络软件，很快就查到了小荷的IP 地址在100 多公里外的峨眉山市。他想，这“小荷”如果是警察假冒来引他上钩，既然不知道他身在何处，IP 地址就应该在北春市。如知道他在成都，警察就已经追踪到成都来了，IP 地址就该在成都才对。小荷的IP 地址在这两者之外的峨眉山市，让他比较放心。加之他以前多次上过峨眉山，对峨眉山的风景熟悉得很。为求更加保险，他抱着试探的心理，以“文向”(文向者，闻香也，即闻香识女人也，可见他猎艳的招式) 作网名，与小荷对上了话。与她聊峨眉山的清音阁、洗象池，聊金顶的云海日出，聊舍身崖的烈女殉情。哪知道，小荷比他还熟悉这里的一切，而且是用峨眉山的方言与他闲聊。由此可见，小荷绝不是北春市公安局的人，他悬着的一颗心彻底放了下来。

与小荷聊天，谭智士一眼就看出，小荷是一个初上网的小女孩，没有任何社会经验，与人谈话不存一点戒心。问及她的情况，小荷告诉他，她今年才18 岁，真名叫夏荷，职业学校毕业，现在在峨眉山市的一家宾馆当服务员。小荷坦率地承认，她刚刚勉强能够上网，对电脑的许多知识都不明白。这正是谭智士的强项，他在网上耐心地教她如何操作电脑，如何解决在上网过程中遇到的各种问题，并滔滔不绝地与她聊起了许许多多她闻所未闻的奇闻轶事。小荷对“文向”大哥横溢的才华和虚怀若谷的品质佩服得五体投地，也禁不住把自己的闺中趣事向这位可亲可敬的“文大哥”倾诉。

谭智士以往进行网恋，那只是逢场作戏，抱着恶作剧和游戏人生的心理，挥洒着征服者的狂傲和快感，作践和欺骗少女的感情。这一次可不同了，他孤身一人漂泊在外，有心里话没法向人诉说，他渴望得到安慰，得到真情。与小荷心与心的交流，犹如干涸的土地得到了甘霖，干枯的禾苗得到了滋润，他精神的荒漠上又长出了希望的绿洲。他每次刚一离开网吧，就盼望着下一次与小荷相约上网的时刻。

这一次谭智士一打开聊天室，就有意向小荷谈起了感情的问题。他说：“人的感情真是一个奇怪而又微妙的东西。有的男女长期待在一起，耳鬓厮磨，甚至有意识地培养感情，可就是碰撞不出火花。有的男女虽然素不相识，仅是偶然的邂逅，不经意的一瞥，却叫人魂牵梦绕，终生不能忘记。这可能就是所谓的‘有缘千里来相会’或是‘心有灵犀一点通’的奇妙现象吧？”

小荷赶忙附和:“就是。文大哥说得真好，我也有那种感觉，就是说不出来，只记住个什么‘一见钟情’罢了。我也觉得很奇怪，为什么我一上网就喜欢跟你聊天呢？”

谭智士得意地笑了：“这就叫谈得来吧，真所谓‘网逢知己千言少，话不投机半句多’嘛！”

小荷却犹豫起来了：“文大哥，我怕、我怕陷进去以后就不能自拔了！”

谭智士开导她：“我知道你担心网上的东西不真实。其实，我也是第一次在网上向一个少女敞开心扉谈知心话的。如果你还有什么顾虑的话，那就让我们回到现实中来吧！”

小荷断然地拒绝：“你是说，让我们在网下见面吧？啊，那可不行！我才18岁，我的父母不许我这么小就交男朋友的！我们还是在网上做个永不见面的朋友吧！”

谭智士急了，请求再三，可小荷就是不同意见面。小荷愈是不愿见面，谭智士就愈是心急火燎地急于想见到这位清纯可爱的姑娘。在谭智士不厌其烦、锲而不舍的请求下，小荷终于同意“文向”到峨眉山市同她见上一面。不过，她要求“文大哥”先通过电子邮件发一张他的近照来，“不然，我连你长得啥模样都不清楚，要是遇上个骗子，我就惨了！”

谭智士看到她的这个要求，不但不生气，反而特别高兴和放心：这说明小荷是慎重和在乎他的；更说明这绝不是假冒的警察所为。公安局早就有他的照片了，此时干吗还会向他索要照片？于是，他选择了一张自己认为最满意的生活照发了过去。

按照约定的7月5日，谭智士在成都火车北站登上了去昆明的列车。下午2点多，火车徐徐地进入了峨眉站。就要见到他日思夜想的小荷了，多日的相思苦将换来见面时的喜悦，谭智士的心都快要从胸腔里跳了出来！

按事先约定，小荷穿一套荷绿色的连衣裙，手中擎一枝含苞欲放的荷花。他穿过熙熙攘攘的人流，眼光停留在一个个漂亮姑娘身上，又失望地离去，最后终于在站前广场的一侧，找到了一个身穿荷绿色连衣裙、手持荷花的少女。姑娘亭亭玉立，苗条的身材，如临风摆动的一茎荷叶；粉红的瓜子脸，似二月春风中的桃花盛开。小荷姑娘也看到了他，冲他嫣然一笑，两颊漾起了两个甜甜的酒窝。谭智士心里像溢满了蜜，脑海里立即跳出了李白“清水出芙蓉，天然去雕饰”的诗句。谭智士捧着一大束鲜艳的玫瑰花，禁不住怦怦心跳，大步地朝小荷走去。

就在谭智士即将靠拢小荷姑娘的一刹那，突然从四周冒出几名彪形大汉，一下将他撂翻在地，紧接着一副锃亮的手铐铐在了他的手上。此时一位文静的年轻人向他出示了证件:“我是北春市公安局的警察，谭智士，你被捕了！顺便向你揭开一个谜，在网上与你打交道的小荷姑娘就是我这个须眉。听说你是一名网上的猎艳高手，想问你一句，我可算得上一名够格的网络猎手？”谭智士下意识地抬头看了这名不起眼的便衣警察一眼，然后垂下了他那颗自认为绝顶聪明的头:“没想到天外有天，人外有人，在网上你确实比我玩得高明。输给你这样的网络高手，我服气！”

聪明反被聪明误，猎艳高手最终还是栽在了网络猎手手里。

审鬼

近一段时间，云山乡靠山村的村民们得了一种怪病。病人口流涎水，毛发脱落，四肢脱皮溃烂，久治不愈，浑身发出一种异臭味。上面派来了医疗队，对症下药治疗了好几个月，也没阻止住这种怪病的蔓延。于是，形形色色的谣言四起。传得最多的版本是说靠山村的村民不按规矩乱修房屋，乱葬坟地，坏了风水，得罪了山神。山神发了怒，派出了精灵鬼怪，下山惩罚对它不敬的人。这可吓坏了一些胆小无知的村民，众人集资在云山脚下建起了一座山神庙，塑起了山神菩萨，人们络绎不绝地前去烧香磕头，乞求山神宽恕免罪。社会上一些多年不见的迷信活动也沉渣泛起。

这天，乡中学的赵秉章老师从集市走过，见一群人围在一起看热闹，他也挤了进去看个究竟，原来是一个身着道袍的年轻人在那里巧舌如簧，装神弄鬼。赵老师一愣神：这不是他过去教过的一个学生吗？他记得，这个学生叫刘贵，因学习成绩特别差，所以印象深刻。刘贵是初中二年级时从其他学校转学来的，上课不安心听课，还做怪动作干扰别人。后来实在学不下去了，读了不到一年就自动退了学。想不到十年后他却歪脖子树成材，干上了七十二行之外的这一行。

刘贵也认出了老师："啊，是赵老师，你……你家里也有人得了怪病吧？来，咱们师生一场，我免费为你老人家驱邪！"

赵秉章顿生反感："你这是……"

刘贵说："我这是给村民们行善做好事呀！村民们惹恼了山中的鬼神，得了怪病，我就发挥自己的一技之长，为大家念咒诵经，请来天兵天将，降妖伏神，保佑大家不再生病！"

赵老师正色道："鬼扯！这世界上哪有什么鬼神？刘贵，你也是读了几天书的，你应该相信科学！"

刘贵争辩道："怎么会没有鬼神？山神发怒那晚，我正好从云山下走过，恰好看到了这惊心动魄的一幕。只见从山神的眼里，发出了两道愤怒的电光，接着毛发直竖，全身发抖，大地都被震动了！"

"可不是，我也看到了山神发怒时的可怕情景！"人群中马上就有人附和。

赵老师解释道："那是地震嘛，是地壳运动的一种自然现象，有什么奇怪的？难道你还能阻止地震的发生？"

刘贵见老师在众人面前一点不给他面子，心下就有些不高兴：“赵老师，在学校时我的成绩是不好，那都成了历史。你可不能小看我这些年的长进，我是在崂山上经过高人的指点，下苦功学到了真传的！”

赵老师不理他这一茬：“刘贵，你还是学点造福乡亲的真本事吧，不要去当什么崂山道士装神弄鬼糊弄人！”

刘贵见老师这么迂腐和憨直，专往他痛处戳，气恼地转守为攻：“赵老师，你硬是不相信这世界上有鬼神？”

“当然不相信！我只相信科学！”

“那好，惹恼了鬼神可是要遭报复的！”

“世界上本没有什么鬼神，谁会来报复？”

“你得罪了鬼神，鬼神今晚就会找上你的门！”

赵老师冷笑道：“好呀，让它来吧，我还想抓一个活的来让人开开眼界呢！”

赵秉章知道这是误入歧路的刘贵故意放出的恐吓话，也就没把它当回事。晚上，赵老师备好课，改完作业，已近12时，刚上床不久，就听见外面有人敲门。敲门声不紧不慢，挺有礼貌的。赵老师忙问：“谁？”却无人应答，连问几声，也无人吱声。门却依然敲个不停，将熟睡中的妻子也敲醒了。赵老师当然不相信是什么半夜鬼神来叩门，他知道是刘贵这个歪才捣的鬼，为防备万一是盗贼上门，他从门后抄起一根木棍，猛地一下拉开门就冲了出去。可四下一看，根本就没有一个人影。他回到屋里关上门，刚躺在床上，这烦人的敲门声又来了。赵老师接连出去了几次，连屋子四周都察看了个遍，也没发现个究竟。到底是咋回事呢？他和妻子都窝着火，一直被折腾到天亮，也没睡上个好觉。

第二天，赵老师又在原地遇见了刘贵，刘贵阴阳怪气地问道：“怎么样，赵老师，昨晚鬼神没有来惊扰你老人家吧？”

赵老师气愤地说：“鬼神倒是没有来，刘贵，你这也太下三烂了吧？你请不动鬼神，却叫那些无赖瘪三来搅得我不得安宁！”

刘贵赶忙声明：“啊呀，我诅咒发誓，我绝没有叫什么人来骚扰你。赵老师，恐怕是你确实得罪了山神，山神已经向你发出警告了！你还不赶快向山神谢罪？或是让我给你画画符、驱驱邪？”

“真是胡扯！若真是鬼神，今晚我捉一个来扒皮！”

刘贵惊叫道：“啊呀，赵老师，可不能那么说呢，要是真的惹得鬼神发了怒，你可要遭罪呢！”

赵老师狠狠地白了刘贵一眼：“鬼神倒是没发怒，却是你这个崂山道士心里不了然！”

当天晚上，赵老师夫妻俩因昨夜没睡好觉，便早早地上床安歇。刚躺下一会儿，就听到从厨房里传出一阵吞吞吐吐、断断续续的怪叫声，极像一个患了严重支气管炎的老人喉咙被痰堵住，想咳又咳不出，欲咽又咽不下的喘息声。声音凄厉恐怖，令人头皮发麻，心尖发颤。妻子吓得将头直往被窝里钻。赵老师一惊：怪了，屋子里怎么会有人的喘息声？急忙一把将灯拉亮，到厨房里去仔细搜寻，又把每间屋子都查了个遍，却连一个鬼影子也没有。明明是人的喘息声嘛，却怎么找不见人？赵老师虽不相信鬼神，但也被这奇怪的喘息声弄得心里怦怦跳个不停。为给自己壮胆，他干脆将屋里所有的灯都开得雪亮，可是这令人发怵的咳嗽声仍是时有时无，时不时还拖出一个犹如打嗝儿似的长音，仿佛人快落气时的悲苦情景，更加令人毛骨悚然。赵老师的妻子吓得浑身发抖，手脚慌乱地连连惊呼：“有鬼！有鬼！”

赵老师见妻子吓成这样，赶忙叫了一辆三轮车，将惊恐万分的妻子送进了医院。

听说赵师母病了，回乡的在校大学生郑刚一早就提着一袋水果去医院看望。当他知道师母竟是被吓病时，一边安慰着师母，一边对赵老师说：“世界上哪有什么鬼神？这一定是刘贵那坏小子使的歪招。赵老师，邪不压正，你们都不要怕，等师母出了院后，你们就住在我家，让我和我的同学们一齐去找这个崂山道士算账！”

赵秉章老师并没有被刘贵的歪门邪术吓倒，他只是怪自己知识不丰富，一时没能揭穿刘贵一伙的骗术。现在有了读大学的学生为自己撑腰，等妻子一出院，他又挑战似的出现在了刘贵面前。

刘贵见赵老师仍不服输，两眼一愣，倔劲更加上来了。这天晚上，他准备使出浑身解数，向赵老师下狠招了。

刘贵家离赵老师家有5里地，中间要经过一片坟地和一大片树林。他干这种骗人、唬人的勾当，当然不敢招摇过市地在大白天进行，只能鬼鬼祟祟地在夜间行事。晚上10点，他收拾准备停当，提着一个小铁丝笼，里面装着几只大老鼠，乘着朦胧的月色，悄悄地出发了。

快到坟地时，他心里还是有些发虚。尽管他成天上蹿下跳、装神弄鬼，但那都是糊弄别人的，现在是他夜间独自一人走进这乱坟堆，想到周围都是些无所依附的孤魂野鬼，附近还时不时地冒出几声老鸹和不知名动物的怪叫声，不免吓得他心里咚咚直跳。

他不由加快了脚步，想尽快走过这令人恐惧的地方。走着走着，身边突然冒出了一朵绿荧荧的鬼火来，鬼火幽幽的，忽暗忽明。他以前也多次夜间走过这乱葬岗子，就从来没遇见过鬼火；所谓久走夜路必撞鬼，今晚他是真正地撞见鬼了。他吓得朝着小树林猛跑了起来，谁知鬼火却紧紧地跟着他追。他跑得快，鬼火也追得快；他跑得慢，鬼火也追得慢。而且周围到处都蹿出了鬼火，仿佛是一个个伸出舌头的厉鬼，张牙舞爪地向他扑来。他吓坏了，低着头缩着身，不顾一切地朝着前面的树林里逃去，惊得笼中的老鼠也吱吱地叫了起来。

他气喘吁吁地跑进了小树林，不由尖声惊叫道："有鬼！有鬼！"随着他的惊叫声，就见一道亮光闪来，亮光处一个几寸高小鬼模样的怪物突然跳了起来，嘴里不停地嚷着："刘贵，骗人！刘贵，骗人！"随着亮光的熄灭，小鬼也就没了声息。

此时他的三魂早已被吓掉了二魂，浑身颤抖着哀声号叫了起来："鬼鬼鬼！—— 我的妈呀！"随即亮光重又闪现，小鬼又冲他挤眉弄眼地边跳边嚷，吓得他一下昏了过去。

等刘贵醒过来时，发觉自己躺在村民们盖的那座山神庙里，抬头一看，那尊山神正庄严肃穆地端坐在上面。山神见他醒来，竟眨了眨眼，动了动嘴唇，开口说起了话："刘贵，我山神这些年来多亏山民的拥戴和敬畏，使得我云山一带草木葱茏，鸟兽兴旺，出现了一派欣欣向荣的景象，我也给了山民们以善意的回报。可是，你刘贵却让我背了黑锅，硬说是我给山民们带来了灾难。刘贵，你得给我老实交代，你是如何造谣生事，往我脸上抹黑的？"山神的声音不像是从人嘴里发出来的，却雄浑低沉，威严神秘，在山神庙里发出了阵阵回响，让人听得清清楚楚的。

刘贵见山神审问他，吓得浑身筛糠，已是规规矩矩、服服帖帖，只得老老实实地把他如何造谣惑众，如何装神弄鬼，又如何骗人钱财的勾当统统地倒了出来。

山神又问道："那你是如何恐吓欺诈赵秉章老师的呢？"

刘贵交代道，他第一次是抓了一条鲜活的大鳝鱼，用铁丝将鳝鱼的尾巴穿上，夜里悄悄地挂在赵老师的门框上。由于鳝鱼头朝下直挺挺地吊着不舒服，就总是不停地想把头扬起来，结果就嘣嘣地敲打在了木门上，发出了令人不安的敲门声。赵老师是夜间出门查看，只管四处搜寻，绝不会想到往门框上望。第二次是他捉了一只大癞蛤蟆，嘴里塞进了几颗花椒和胡椒，乘赵老师两口白天都不在家的时候，偷偷地将癞蛤蟆塞进了赵老师家位于一侧的厨房里的蜂窝煤垛里。待到夜间，癞蛤蟆就要出来觅食，由于喉咙里有花椒和胡椒作怪，行动时就会发出类似老人患重病时的那种喘息声。

山神听到这里，微微蹙了一下眉，轻轻"哦"了一声，又接着审问道："那你今晚欲对赵老师怎样？"

刘贵迟疑了一下，见山神威严地盯着自己，想躲躲不过，还是一一做了交代。他说，今晚他提了4只老鼠，其中3只老鼠的肛门里塞进了几粒大黄豆，然后把肛门给严严实实地缝了。他准备把这3只老鼠都丢进赵老师的屋子里。老鼠肛门里的黄豆吸湿发胀后，疼得难受，就会发疯似的你咬我、我咬你地互相追逐，还会将赵老师家的老鼠也统统地赶出洞来，来个百鼠大战，把赵老师家闹得个鸡犬不宁！

山神又紧紧追问："那剩下的一只老鼠你将做何用？"

刘贵愧疚地低下了头："这只吗，不到万不得已我是不会用的。我是想，如果上述招数都还不能唬住赵老师的话，我就将这只老鼠的尾巴上绑上布条，蘸上汽油，将它点燃，这只老鼠火神便会在赵老师家惊恐万状地东突西躲，乱咬乱叫，赵老师家便会成为一个犹如有千军万马的厮杀战场！"

听到这里，山神也禁不住神颜大怒："刘贵小子，你真狠毒！"

刘贵接连向山神磕头："山神爷爷，我知罪！我悔过！我对不住赵老师和众乡亲！从今以后一定会改邪归正！"

此时他头顶上突然一下灯火通明，四周发出了一片震耳欲聋的"嘘——""哇——"的惊呼声。刘贵吃惊地抬起头一看，这哪是什么山神庙，分明是乡中学的礼堂，礼堂周围挤满了愤怒的村民，都七嘴八舌地谴责他这种坑人骗人的卑劣行径。再看看山神，此时也拂了拂袖，气愤地从神龛上走了下来。等山神扯去了脸上的胡须，脱掉了身上的行头后，刘贵这才看清，山神竟是他小学时的同学，现在在省城读大学的郑刚扮演的。

那么，刘贵是如何钻进这"鬼神"迷阵的？

原来，郑刚春节期间回家休假时，见不少村民莫名其妙地得了怪病，村里又谣言四起，社会上封建迷信活动猖獗，他回校后就把这个不正常的社会现象向学生会做了汇报。学生会很重视这个情况，由郑刚发起，学生会出面，组织了几所大学相关专业的大学生志愿者来到靠山村做社会调查。郑刚是学计算机的，其他还有医学、电子、地质、农林等专业的大学生。大家各自发挥自己所学专业的特长，对靠山村出现的怪异现象进行了深入的调查和综合分析，已取得了突破性的进展。当郑刚听到赵老师和师母被装神弄鬼的刘贵捉弄时，气愤至极，他就和大学生志愿者们共同商量，设计出这么一个现场揭穿刘贵骗术的办法，来达到教育乡亲们的目的。至于坟地里的所谓鬼火，是他们预先在坟地撒了一些磷粉。磷在常温下就会自燃，夜间便能看到它在自燃时发出的蓝光。树林中边跳边叫的小鬼，则是郑刚编了一个简单的程序，安装在一个小鬼玩具的体内。小鬼的声音、发光、动作均是声控的，刘贵进入树林里的惊吓声自然就引出了小鬼的亮相表演。郑刚所扮演的山神，声音是经过变声处理后通过音响放出来的，现场感特强，极具神秘感和震慑力。

村民们耳闻目睹了刘贵自己揭穿骗人伎俩的精彩表演，这才如梦方醒，受到了深刻的教育。郑刚借此机会来到人们中间，郑重地向大家宣布：“告诉大家一个好消息：危害我们靠山村村民们的怪病原因终于查清楚了，当然不是什么山神发怒降罪于人，而是村中的两口井的水质有问题。有的人会问，为什么我们原来饮水会平安无事，独独这一年来才生出了这种怪病？问题出在哪里？通过我们的调查研究，罪魁祸首就是去年那场地震。地震时造成了地质构造的局部断裂，就使得地下一些对人体有害的水源，涌到了处于断层上的两口井里。现在查出了致病的真正原因，我们就完全有办法对付这怪病了！”

啊，竟是这么一回事！村民们如释重负，一片欢腾。

不愁鱼儿不上钩

包永刚从县公安局刑警岗位上退休后，落下了一身慢性病。医生嘱咐他在服药的同时，可以弄弄花草、练练书法、打打太极拳。他照医生的说法耐着性子去做了，可沉不下心来坚持，培养不出兴趣，自然收效甚微。医生又向他建议："我看你是个静不下来的人，那就'支边'去吧。"包永刚不解："何谓'支边'？"医生笑着解释："就是把鱼竿支在河边、塘边、湖边，钓钓鱼。那些地方空气好，环境清幽，能使人心情愉悦。加之钓鱼动静相宜，可以让人神情专注，静养耐性，有益于身心健康。"包永刚觉得这项健身活动很适合自己，就乐意地接受了这个建议。

从此，包永刚就带着渔具，骑上一辆电动自行车，往乡村有河塘的地方跑。尽管劳累奔波很辛苦，钓的鱼又极少，他却乐此不疲，渐渐地对钓鱼产生了浓厚的兴趣。他是爱一行钻一行，除苦心钻研钓鱼技术外，还虚心向其他钓鱼高手学习。他钓鱼的技术进步很快，两年后参加县里“老协”举办的钓鱼比赛，还获得了季军。更重要的是，他身上的各种疾病在不经意间都有了明显的好转，精神好多了。

他每次去鹿溪河钓鱼，都要经过一个叫柳塬的村子。柳塬村头有一口塘，塘里的红色鲤鱼成群结队在塘中心游来游去。他心里痒痒的，很想去钓上几尾，又担心鱼塘主人不让放钓。后来经过的次数多了，他发觉这塘子似乎没人管理，鱼塘周围连个看守的草棚也没搭。有一次，他试着问了一个村里的老人：“这塘里的鱼可以钓吗？”老人回答他：“钓是可以钓，只怕你钓不起来哟！”包永刚不解：“为什么呀？”老人说：“我们村里好些人都去钓了，可鱼就是不咬钩，至今也没有人钓上来一条鱼呢！”老人还告诉他，村里的青壮年大多出外打工去了，这个塘没人承包，塘里原本一条鱼也没有，最近不知怎么一下冒出那么多鲤鱼。大概是天降神物吧，神灵之物当然不会被凡俗之人钓上来的！

包永刚可不信这个邪，他把钓饵往塘中心鱼群出没之处一抛，就坐在塘边静静地候着鱼儿上钩。可真是中了邪了，鲤鱼在钓饵周围游来窜去，甚至还碰到了鱼线，可就是不见浮标晃动。他又把钓钩换上不同的鱼饵，连他独家秘制的最具有诱惑力的鱼饵也换上了，可鱼儿仍是不咬钩。他身边不时有路人上前搭话，都是告诉他这塘里的鱼是钓不上来的，劝他别在这里瞎费神了。包永刚一直坚持到黄昏，连条小鱼也没钓上，只得垂头丧气地离去。

第二天，包永刚来到柳塬村，就这事请教了当地的钓鱼高手老杨头。老杨头原是村里的治保主任，包永刚过去办案时就与他认识，现在又成为钓友一同参加了县里的钓鱼协会。老杨头告诉他，他已试过几次了，这水塘里的鱼确实钓不上来。包永刚还是不相信他这个结论，他要坚持从这个水塘里把鱼钓上来。谁知两人的脾气都很倔，包永刚已经走出了老杨头的院门，老杨头还追了出来，极力劝他不要白费这个神。两人在大街上又吵又闹，争得个脸红脖子粗。老杨头说："你要是能钓上这塘里的鲤鱼，我就用手板心把鱼煎来给你吃！"包永刚更是不输这口气，他高声扬言，他要召集全县的钓鱼高手来拿下这个"马王爷"。

果不其然，过了几天，一支由老中青几十名钓鱼高手组成的队伍，浩浩荡荡来到了柳塬村，把一个不大的水塘围了个水泄不通。高手们很专业地忙着选点、挂食、抛线，大有不把鱼钓上来誓不罢休的气势。

这样浩大的钓鱼声势也把村里的人吸引到了水塘边。人家议论纷纷，要看看这群钓鱼高手有什么本事能把不咬钩的鱼儿钓上来。老杨头知道，这是包永刚故意跟他过不去，有意向他挑战，就抱着双手站在塘边冷眼观看。一个小时过去了，又一个小时过去了，高手们提起的钓钩上都是空落落的。一直到下午，高手们连一片鱼鳞也没钓上来。老杨头的脸上露出了得意的神情，村民们的议论声一浪高过一浪，一声声都那么刺耳。渐渐地，连高手们也沉不住气了，不断地发出怨言。在众人的议论声中，包永刚的脸上挂不住了，他气急败坏地冲水塘大声嚷道："这是一群什么样的怪鱼？再钓不上来，咱就要把塘里的水抽干，看看你们这些鱼精是不是都长有三只眼？"说着掏出手机，联系上一家单位，叫他们第二天一早就带上抽水设备来把塘里的水抽干。

傍晚时分，钓鱼大军在人们的一片嘲笑声中悻悻地撤去，包永刚走在最后，朝着水塘恶狠狠地甩出了一句："看我明天怎样收拾你！"

夜幕降临，水塘一片寂静。半夜时分，水塘一侧的草丛中突然冒出了两个人影。他俩鬼鬼祟祟地前后左右张望了一下，然后悄悄地浸没到水里，向水塘中心游去。游到白天鲤鱼密集出没处，一个猛子潜入水中。两人在水下鼓捣了好一阵，才浮上水面，似乎在合力拖着一个什么重物，吃力地向岸边游来。两人悄悄地上了岸，手中拖着的是一个沉甸甸的黑色大塑料袋。他们又是警惕地往周围张望了一下，然后慌慌张张地抬着塑料大包登上了堤坎。就在他们准备夺路狂奔的时候，几道强烈的手电筒光柱一齐射向了他俩：“不准动！我们是县公安局的！”

怎么会有神兵天降？这究竟是怎么一回事？原来，包永刚第一次途经水塘时，看见塘里的鲤鱼翔集，凭着长期的职业习惯养成的警惕性，就觉得这个水塘有些异样。当别人告诉他这个水塘无人承包时，就更增加了他的怀疑：无人承包的水塘里怎会出现大群人工饲养的鲤鱼？这里面是否隐藏着一个不可告人的秘密？他后来从村子里经过，无意间听到两个妇女在叽叽喳喳地议论：真是奇怪，一个大活人，怎么说没就没了呢？他推断这水塘一定有问题。于是，在塘里钓鱼啦，去请教老杨头啦，都是他有意为之。他从老杨头那里了解到，村里确实有一名妇女莫名其妙地失踪了。这名妇女的失踪与这水塘里的秘密是不是有联系呢？于是，怎样把这条隐藏在背后的大鱼钓上来，他与老杨头密谋了一条引鱼上钩的计策。他先是与老杨头当众争论和打赌，目的就是要引起村里人的注意，敲山震虎让犯罪嫌疑人坐卧不宁。以后钓鱼队伍的撤离，只是让真正的钓鱼高手回去了，而卧底在其中的便衣刑警，晚上又悄悄地返了回来，潜伏在水塘的周围。

两名犯罪嫌疑人在强烈的电筒光柱的刺激下睁不开眼，早已吓得三魂丢了两魂，只得乖乖地束手就擒。刑警们打开黑色大包一检查，里面赫然躺着的是一具快要腐烂了的尸体。接着连夜突审两名犯罪嫌疑人。在铁的证据面前，犯罪嫌疑人涂富只得老老实实交代了作案经过。

原来，涂富南下打工一年多后回到了家，就有人悄悄告诉他，他的妻子汪菊与邻居李大友有染。涂富气坏了，关起门来，恶狠狠地将汪菊劈头盖脸地毒打了一顿，要她老实交代与李大友偷情的事。汪菊眼含泪水对天发誓，说她与李大友没有任何不正当的关系。她只是将家中一些干不了的重活请李大友帮帮忙，并且按当地标准付给他酬劳。李大友说乡里乡亲的，谈不上酬谢，她才给他以洗洗衣被作为换工补偿。涂富根本不相信妻子的解释。在又一次毒打后，妻子仍然申辩说没做出任何对不住他的事，他气愤地掐住了妻子的脖子，说只要承认了有此事就放过了她。可汪菊仍坚持说，没有的事我怎会承认？涂富见汪菊还要嘴硬，一气之下便加大了劲，待松手时，汪菊已咽了气。他也吓坏了，连夜将堂弟涂贵叫来商量对策。两人将汪菊的尸体装进了几个重叠起来的黑色大塑料袋，在月黑风高之夜，神不知鬼不觉地放进了这个无人承包的水塘深处，还压上了几块大石头。涂富仍然担心被人发现，就在市场上买了几十斤鲤鱼苗，投放到塘里。他设想的是，让鲤鱼尽快地吃掉汪菊的尸体，以便毁灭罪证。谁知这群鱼似乎有灵性，也似乎知道这塘底掩藏着一个冤魂，不但不去碰汪菊的尸体，反而故意成群结队地在人前游来游去，以期引起人们的注意，用此种方式向人们报警。后据水产专家解释，其实是因为塘里多年没有养鱼，塘里各种小生物大量繁殖，投放进塘里的鲤鱼因有丰富的食物来源，自然对抛下的钓饵不感兴趣。

两条“大鱼”终于被足智多谋的包永刚钓了出来，一桩命案终于真相大白。

死亡内幕

两天前还活蹦乱跳的马大聪，现在直挺挺地躺在市人民医院的太平间里，可死者的家属赵玉华却横竖不来认领尸体。赵玉华有充分的理由认为马大聪是死于医疗事故，喝农药自杀并没有置他于死地，医院负有不可推卸的责任。院方却坚持说这纯属无稽之谈，真正的死亡原因是马大聪在医院里不与医生配合，多次拒绝抢救延误了时间而造成的，院方已经做到仁至义尽了。双方接触交涉了多次，是公说公有理，婆说婆有理，事情陷入了僵局。

马大聪是市郊粮丰乡食品厂的推销员。由于该厂生产的糖果、糕点几十年一贯制，一直都是采用旧工艺生产出的熟口味老面目的产品，在市场上已经没了销路，眼看着厂里连基本工资都发不出去。船小掉头快，厂长脑瓜子灵，因地制宜马上转产医疗用的葡萄糖液，虽说没有专业药厂的质量好，但厂长有打通关节的撒手锏，终获批准生产，又加之销售政策灵活，一个新产品居然救活了一个厂子。

这天，马大聪揽上了一笔大生意，一下子就销售给某医药公司上万瓶葡萄糖液，马大聪从中获得了2000元的辛苦费。按说葡萄糖液又不是什么紧俏商品，都是求爷爷告奶奶地找买主，马大聪为什么还能得到好处费？这得归功于该厂灵活的销售政策。原来，厂里根据销售数额给每个销售人员一定的销售费，先用这笔销售费去铺开路子，给各医药公司或医院的采购人员以回扣，如有剩余，那就是销售人员的“合法收入”了。今天运气好，遇上个好说话的，对方得了大头，马大聪总算截留2000元装进了腰包。可别小看这2000元钱，这可是马大聪这几年得到的一笔大数额了。厂子不景气，勉强能发下工资，可这点工资能做啥？眼看妻子要生小孩儿了，手中还没有一点儿积蓄，现在算是解了燃眉之急。

马大聪喜滋滋地拐进一个胡同，准备抄近路去附近的一个商场给妻子买点礼物回去，忽然肩头被人一拍：“先生，买钻戒吧，上等的钻戒便宜让给你！”马大聪回头一看，原来是一个年轻人，平头，穿着极朴素，手中拿着一个精致的首饰盒，身旁还站着一个打扮得同样朴素的中年人。马大聪忙摇头示意：“不买，不买，没得这笔开支！”

年轻人笑容可掬："先生，你开什么玩笑？看你不是个干大事的，也是个掌实权的，买只戒指只不过是添个小玩意而已！"中年人也前来搭话："先生，可别错过机会呵，过了这个村可就没了这个店了！"

马大聪不耐烦了："什么机会不机会的，有钱什么不好买的！"马大聪欲摆脱这两人的纠缠，年轻人上前一把拉住了他："先生，这你就说差了。你先看看货色再定是非。"说着把首饰盒往马大聪跟前一送，"你看你看，24K的赤金，中间镶着一颗绿宝石，原价是4800元，我遇上了急事，让给你只要3000元钱，怎么样，没亏你吧？"

马大聪警惕了："蚀本生意你会干？骗人的吧？"

年轻人诅咒发誓："哪个龟儿才来骗人！要是没有急事哪个会剜脚上的肉来补身上的疮啊！不信你看看这正式发票！"

马大聪打开盒子，掂掂金戒指，金灿灿、沉甸甸的；看那绿宝石，在阳光下也闪烁着耀眼的光彩；再接过年轻人递过的发票，是本市大华商场的，单位公章和税务印章都准确无误，购买了才一个多星期。马大聪正在犹豫，中年人又搭话了："先生，你还有什么信不过的吗？我们是外地来这里做工的，这位小刘同志忙碌了半年，省吃俭用给他女朋友买下这个戒指。哪知他家里今天打来一个电话，说父亲病危，要他赶快回去，他现在连路费也没有，所以迫不得已才转让的。你就当作救人危难的好事吧！"

马大聪本无心买什么戒指，家里妻子正等着钱用，他能买这可有可无的奢侈品赠给爱妻？可转念一想，正因为家里缺钱用，又苦于找不到挣钱的机会，我何不乘这难遇的好时机，把这2000元钱翻个身，给妻子做个月子也宽裕些。于是便说：“我想做这个好事也不行呀，我真的没带那么多的钱。”

“那好，2500元钱该有吧？”年轻人倒很爽快。

马大聪面露难色：“实话给你们说吧，我身上只有2000元钱。”

“好，2000元就2000元，出让个交情。”于是一手交钱，一手交货，一笔飞来的生意就这么意外地做成了。

马大聪边走边兴冲冲地盘算：用这2000元倒一下手，不图卖个原价，保守点算，怕能捞个对半吧，这下有脸在妻子面前说话了。想着想着就已穿过了小巷，来到了市内最大的群星商场。他还是要进去逛逛，顺便给妻子捎几样她所喜爱的小日用品。

马大聪选好了几样物品，他有意识地来到三楼的首饰柜台，左瞅瞅右瞧瞧，终于在令人眼花缭乱的首饰中寻到了与他怀中揣的那个一模一样的戒指。他看看标的定价，怎么搞的，是眼睛花了，还是标错了？标签上工工整整地显示出的字样是“50.00元”，令他大吃了一惊。他发急地问：“同志，这……这戒指是5000元一只吧？”“什么5000元！只要50元钱一只。先生，买一只吧，别看不值钱，戴在手上一样有那个意思呢！”天哪！

马大聪像兜头挨了一棒，一下子蒙了，差点儿没在柜台前瘫倒下来。

马大聪晕头晕脑地回到家里，哼哼哈哈地应付了妻子的关心。妻子赵玉华以为是丈夫出差劳累了，对丈夫的情绪反常没有在意。吃过晚饭后，马大聪说厂子里还有点事，出门走了。这一夜，赵玉华在家里眼巴巴地等着，等了一通宵丈夫都没有回来。

第二天一早，村里的放牛娃王小贵急匆匆撞进了赵玉华的家门：“马大嫂，不好啦，马大哥喝了农药倒在了西山的山洞里！”赵玉华一惊，急忙随着王小贵跑了出去。赵玉华略懂一些医学知识，她气喘吁吁地跑进山洞一看，丈夫口角流着白沫，歪倒在地上，身旁是一瓶空了的1059农药瓶子。她翻看了丈夫的瞳仁，又试了试鼻息，觉得还有救，在王小贵的帮助下，背回了家里。她赶紧撬开了丈夫的牙关，用1%的苏打水灌了下去，接着在乡亲们的协助下，把丈夫送到了市人民医院抢救。经过灌肠洗胃和一些急救处理，眼看着丈夫苏醒过来了，还开口说了话：“玉华，我对不住你……”赵玉华温情脉脉地对他说：“快别说那些了，有天大的事你都要给我好好地活下去！”马大聪羞愧地点了点头。

赵玉华因腹中胎儿催动，又见丈夫脱了险，就住进了妇产科。现在儿子平安地生下来了，丈夫却进了太平间。一个明明已经从鬼门关抢救回来的人，最多是体虚罢了，怎么又会突然死去？她思前想后，觉得其中定有问题，就叫来妹妹，协助她去法院打这场官司。

市中区人民法院受理了这桩案子。庭长钟楷学，年龄40来岁，经手过各种棘手的刑事及民事案件，办案经验丰富，但因医疗事故而打官司的，他还是第一次接手。钟庭长考虑再三，为慎重起见，特邀请市医疗事故鉴定委员会协同他们一起办案。市医疗事故鉴定委员会指定周睿明教授协助法庭工作。钟庭长和周教授见面后，两人一同查看了有关卷宗，初步拟定了调查方案，然后分头下去调查案情。

钟庭长没用单位里的摩托车，而是乘了几站公共汽车，又走了一段路，来到了原告赵玉华的家里。赵玉华拥着被子，披着衣服，神情怅惘地斜靠在床头。赵玉华的妹妹赵玉容抱着襁褓中的婴儿，一边摇着拍着，一边咿咿呀呀地逗着在屋里转来转去。钟庭长简略地了解了一些有关的情况，然后接触到案子的核心问题："赵玉华同志，你在起诉书中称，死者马大聪是死于医疗事故，请问你有什么依据？"

"当然有依据。玉容，你把我抽屉里的那个笔记本拿来！"赵玉华从妹妹手中接过了一本硬塑皮笔记本，从里面找出了一张纸条，递给了钟庭长，"马大聪喝的是1059剧毒农药，而且喝了将近一瓶，按说这么大剂量的剧毒药品进入人体是必死无疑的。可是经过了一整夜他却没有死，这就使人感到奇怪了！死在医院后，我总觉得那瓶农药有问题，我才托人将那瓶残存的1059 农药进行了化验。钟庭长，你看，这是市防疫站的化验单。化验结果表明，所谓1059 农药是假冒的，只有一点儿微毒。这样的农药连虫都杀不死，又怎么能毒死人？马大聪不是农药毒死的，自然是死于医疗事故了。如果还有什么怀疑的话，我家中还存有一瓶没有开启的相同的1059 农药，可以再化验证明。”

钟庭长接过了化验单，认真地看了看，不禁皱起了眉头，旋即问赵玉华：“可以让我把这化验单带走吗？”赵玉华想了想说：“你抄一份下来吧！”钟庭长将化验单的数据抄在了笔记本上，又要走了赵玉华家中另一瓶1059 农药，然后安慰了赵玉华几句，离开了。

与此同时，周教授也来到市人民医院。他先从当班护士那里，了解了事件的详细过程，然后找到了死者的值班医生吴古青。吴古青心情沉痛地说：“真是没有想到，马大聪会这样突然地死去。周教授，你是本市的医学权威，你看看我们这样处理中毒病人是否合适？病人进院时，中毒症状是比较明显的：面色青紫，神志不清，口吐白沫。看瞳孔摸脉搏，知道不会有生命危险，于是我们用肥皂水给他洗胃、催吐、催泻后，他就清醒过来了。我们考虑一方面由于他失水过多，造成电解质不平衡，一方面为了稀释他进入血液中的毒素，促进毒素的迅速排出，我们准备给他输葡萄糖液。从医学手段和方法上讲，按说都没有什么错误的。这些处理过程，在死者的医疗记录上记载得清清楚楚，市中区法院已经封存了这份医疗记录，你去查查就会明白。”

周教授点了点头：“原则上是该这么处理，可是也要考虑病人是否有什么并发症或者过敏史，一点疏忽都会给病人带来意想不到的后果！”吴古青“唔”了一声，继续说了下去：“马大聪一见要输液，就像见到了要吃人的老虎一样，大惊失色，坚决拒绝。我们当时分析是由于病人的自杀念头还没有完全打消，他在拒绝抢救以达到继续自杀的目的。于是，我和护士就采取了较为强制的、但也是人道主义的手段，强行把针头扎进了病人的静脉，谁知病人急得双脚乱蹬，一把扯掉了针头，气咻咻地想喊什么又喊不出来，急得脸色紫涨，竟出现了呼吸困难的危险征兆。我们马上采取了紧急措施，一根输氧管插进了病人鼻孔。为防他再度拒绝抢救，我们将他的四肢用医用帆布带绑在了病床上。哪知道他的呼吸愈来愈困难，最后突然死在了病床上。这真是我们万万没想到的！”吴古青难过地低下了头。

周教授陷入了沉思：马大聪第一次清醒后是不是真的脱险了？妻子对他说了那么多宽慰的话，他是否还会有自杀的念头？

他到底是死于医疗事故还是由于拒绝抢救而延误了时间……

一个多月后，市中区人民法院民事庭通知原被告双方在市人民医院小会议室进行调解。一听说是调解，赵玉华心里就不乐意了：明明是医疗事故嘛，该谁的责任就是谁的责任，有什么好调解？难道还要各打五十大板了事？看来法院是想大事化小，小事化了，有意偏袒医院一方。可要不去，就更要吃哑巴亏。赵玉华决定去据理力争，有理不让人。

医院小会议室的中央摆放着一张长方形大木桌，桌上铺着浅蓝色的桌布。长桌上首座的是钟庭长、周教授；左侧是赵玉华及马大聪的父母，赵玉容抱着婴儿也在一旁坐着；右侧是医院里的当班护士、医生吴古青及院长和住院部内科主任。小会议室四周靠墙摆放着一圈长藤沙发，死者马大聪所在的粮丰食品厂的厂长和工会主席也来了，据说还有市工商局、卫生局、市医疗事故鉴定委员会的负责同志等，他们都在靠墙的一圈就座。

调解会由钟庭长和周教授二人主持。钟庭长先环视了一下会场，然后神情严肃地发了言：“经过我们法庭和市医疗事故鉴定委员会一个多月来周密的调查和分析，马大聪同志的死亡事件是一桩非常复杂、涉及面十分广的非正常死亡案件，也可以说是案中有案，案案牵连……”

听到这里，赵玉华心中感到一丝宽慰：对嘛，总算可以告慰屈死的丈夫的冤魂了。坐在对面的吴古青挪了挪身子，有点坐不住了。

钟庭长继续介绍案情：“查死者马大聪，因贪占便宜，上了两个骗子的当，用2000元钱买了一只价值50元钱的普通工艺品戒指。其中一个骗子再次行骗时被我们当场抓获。这是本案涉及的第一桩案件。马大聪用来给妻子坐月子的2000元钱被骗后，感到无脸向妻子交代，就产生了轻生的念头，喝下了家中的一瓶1059农药。经化验，此农药确系假冒药品，不能置人于死命，马大聪不是死于农药中毒。”

“哦！”吴古青非常吃惊。额头上沁出了一层细密的汗珠。院长搔着他那稀疏的白发，极不自然地取下了老花眼镜，用手绢揩拭了起来。

周教授接过了话头：“这就是案中案。这种1059农药，是一种不能杀虫的‘三无’产品，我们已经把情况通报给了市工商局。”

“请同志们不要误解，似乎假农药可以挽救寻短见者的生命，好像制造假农药的还有功！马大聪不是死于农药中毒，这只是一种偶然的巧合，桥归桥，路归路，在生活中这种假冒商品更多的制造的是悲剧！”

钟庭长又接着分析：“那么马大聪究竟死于什么原因呢？经法医尸检鉴定，马大聪是由于窒息缺氧致死的；同时检查出，死者生前并未患有心血管及呼吸系统的疾病。”钟庭长顿了顿，喝了一口水，示意周教授。周教授接着他的话说了下去："死者见到输葡萄糖液就大惊失色，因为他见到的是一瓶环宇医疗用品厂即死者生前所在的粮丰食品厂的产品。这种葡萄糖液，没有经过合格的工艺流程，不合乎卫生标准，最多只能供口服，是不能用作静脉输液的。粮丰食品厂的郭金山厂长，你说是这样吗？"

一个身材矮小敦实的汉子从藤沙发上站了起来："这……这……唉！"

"使用该厂不合格的葡萄糖液输液，产生输液反应在本市几家医院都时有发生，这算本案涉及的第三桩案件吧。作为该厂的推销员——死者马大聪是深知这个情况的，想躲过会引起输液反应的不合格的葡萄糖输液，又不便说明，一急之下就造成了突发性的呼吸困难。值班医生给马大聪输氧，本没有错，可输进的却不是氧气，而是氮气。病人本来就呼吸困难，再加之连空气中的氧也断绝了，一桩不该发生的死亡事件就这样意外地发生了。马大聪连想都没想到过，他躲过了自己也参与构筑的鬼门关，却钻进了别人无意设置的死亡陷阱。"

"啊，会是这么回事！"在座的人一个个瞪大了眼睛，面面相觑。

钟庭长接过周教授的话，继续说了下去："马大聪死于非命，那么，谋杀他的凶手是谁呢？我们能片面地、孤立地说哪一个人是谋杀马大聪的凶手吗？显然不能。致马大聪于死地的是一系列人，一系列事。首先就是谋人钱财的骗子，骗人的手段是以普通工艺品冒充金银首饰。受骗后马大聪才产生了轻生的念头。其次是生产、销售伪劣商品的人和单位。由于假冒商品的泛滥，导致马大聪发生了一系列不该发生的事，作为推销伪劣商品的马大聪，自己也有一份不可推卸的责任。再就是一些人和单位工作疏忽，不负责任。由于城南气体厂管理混乱，进出厂的气瓶不经过严格的检查，造成所装的气体与气瓶的颜色标志不符，结果误将氮气作为氧气卖出。也由于医院某些工作人员责任心不强，未对购回的氧气在对病人使用前进行检查。这一切的一切，都是游弋于马大聪周围防不胜防的杀人凶手。”

最后，钟庭长庄严的宣布打破了静默：“这就是我们对整个案情的调查和分析，如没有不同的意见，除本案涉及的案件需另立案审理外，现在原告与被告双方的调解开始！”

醉翁之意

（一）寿宴收怪礼

春日的一天，市郊一间高大宽敞的屋子里，华灯齐放，彩条飘曳，音响里放出欢快热烈的民乐《喜洋洋》，好一派热闹的喜庆气氛。原来这是在庆祝画家石丹青先生的70寿辰。

石丹青是云连市的著名画家。他三岁时父母双亡，被云连山静宁寺的一位老禅师收养。这位老禅师是一位归隐的饱学之士，藏书极丰富。丹青自小跟着老禅师诵五经、习六艺，受到了良好的传统文化教育。老禅师看石丹青在群艺之中，对书画尤为偏爱，悟性极高，就在这方面悉心指导，着意点拨。老禅师所藏的名家字画也被石丹青揣摩了个透，技艺不断长进。更可喜的是，石丹青师从古人而不拘泥于古人，广泛地吸收老前辈的长处，融会名流大家的精髓，形成了自己独特的风格，被画坛上称为诗、书、画三绝的怪才。他早年的名气还不十分显赫，只在当地的文人画士中有影响。50多岁的时候，他应云连市文联的邀请，出山担任宝溪画院的院长，这才犹如一把千年宝剑抽出了刀鞘，顿时光芒四射，名声大振。他的书画被当作国宝，收藏于国家博物馆、中国美术馆，他的名字和小传被《世界文化名人录》收录。画家石丹青成了云连市人们的骄傲。

庆典开始，石老在助手王墨的搀扶下步入大厅。全体来宾起立，举杯齐向石老祝寿。石老抬起双手上下摆动招呼大家坐下："随便些，随便些，今天是咱们艺术圈子内志趣相投的人聚在一起，不要讲什么形式了，大家图个尽兴。"

酒酣意浓之时，就有人走向了大桌提起了笔，顷刻间一幅写意的《松鹤图》就已完成，紧接着另一人附和着在画面上题诗。一会儿，一幅《麻姑献寿图》又由一位长须冉冉的老画家呈现在来宾的面前，而后，画笔又被另一人夺了去。

来宾们纷纷你题诗，我作画，把对石老的崇敬之情和满腹的才气倾注于笔端。

此时一位年轻的画家刘川铺好了纸，蘸饱了墨，举起笔却迟迟没有落下，他顿了顿，抬头高声地向大家提议："今天是个好日子，还是请恩师为弟子们挥几笔做做示范吧！""对对对，恭请石老教诲！"石丹青也不推辞，只见他一手按纸，一手接过画笔，极有艺术气质地摆动着身子，挥洒自如地往宣纸上泼墨，然后几笔浸润点染，众人就看出了画的是峨眉山的几座秀丽的山峰；淡笔一抹，一片云海又出现在山腰。众人猜想老画家一定是要画峨眉山的云海日出吧，因为这正象征着石老和画院如日东升的光明前景。可石老大笔一挥，画的上端出现了一片澄明的夜空，啊，画的是“峨眉山月”！待石老完成全画题上款以后，大家才知道又猜错了，石老画的是《群星争辉》。好一幅“群星争辉”！它把石老高超的画艺和虚怀若谷的品质表现得淋漓尽致。

在宾客们的一片称奇声中，王墨从门外急匆匆走来，附在石老的耳边说：“有人送来两瓶酒。”

石老微微一笑：“来者都是客，快请入席，礼品等会儿退还给他！”

王墨道：“那人送来两瓶酒后，转身就走了。”

“哦，以后打听一下，到底是谁。”

“那两瓶酒上的商标图案，像是你老人家的墨宝。”

“哦，会有这样的事？”石老眉头一皱，眉心拧成了一个“川”字，但回头看到大厅里兴致盎然的客人，赶紧把话头一转，“别理睬它，就当没这晦气事，给我招呼好客人，让大家尽兴！”

等席尽人散后，石老取过那两瓶酒一看，可不是，商标上的图案正是出自他的手笔。这是本市醉仙酒厂生产的“长寿养生酒”，商标上的图案是他5年前为本市政协一位德高望重的老寿星画的寿星图，“长寿养生酒”5个潇洒飘逸的字则是集他的墨迹组合而成。其中“寿”字放得特别大，特别醒目。石老端详着这两瓶酒寻思开了：寿宴上送来这么两瓶酒，是什么意思？是好心人借送酒给他捎信，还是盗用者觉得迟早会被人发现，与其被人举报，不如负荆请罪，求得画家的宽恕和谅解？石老想来想去，不得其解，最后快刀斩乱麻地对王墨说：“我们不理睬他，静观其变，看他有什么猫腻！”

（二）进山始知异

王墨将两瓶“长寿养生酒”收藏好，哪知隔三岔五又有人陆续送来这种酒，石老知道后对王墨说：“你下次一定要给我将送酒人堵住，将酒的来龙去脉弄清楚！”

这天，王墨终于将送酒人留在了客厅，石老从画室踱了出来：“请问先生尊姓大名，你我素昧平生，为什么要平白无故地送我酒？”

送酒人答道：“石老不要误会，我是受人之托，忠人之事，只是收点跑腿钱而已。”

石老追问：“是谁委托你的？”

“不认识。他交给我酒，告诉我送达的地址和姓名，付给我钱，我就替他跑路。其他事我不会过问。”

“他告诉你什么了吗？”

“他说，请石老坚持喝这酒，没有什么害处的。石老喝了这些酒后，有什么意见和要求，让我给他带回去。”

“你能带我见见他吗？”

“不能。我如果这么做了，我的饭碗就砸了，我以后就别想再揽上生意了。”

石老不作声了。打发走了送酒人，石老与王墨合计此事。王墨说：“我看委托送酒的人没存有什么恶意，石老，你就喝喝这酒试试吧！”

石老点了点头：“好，既来之，则喝之，你去商店里看看这酒多少钱一瓶，到时一并付钱给送酒人。用自己的钱买来的酒，我喝得才踏实。”

于是，石老当天晚上临睡前打开了一瓶“长寿养生酒”，倒了一小酒盅，慢慢地品尝了起来。这酒入口有一股奇异的清香，带着一种淡淡的药味，挺爽口宜人，特别适合老年人的口味。石老每天晚上都要喝上一小盅，渐渐地竟喝成了习惯，成了每晚的例行公事，一天离开它都不行。

渐渐地石老觉得神清气爽起来，走路气不喘了，多年的腰腿痛也不治而愈。他有了精神，就萌生了进山的念头：“王墨，同我一起去云连山写生吧！”

王墨有些奇怪：“你老不是从云连山中出来的吗？你在那

里生活了几十年，一景一物都了然于胸，还有什么好写生的？再说，现在又是酷暑，出门挺不相宜的。”

石老笑了：“此话差矣。我是在云连山中生活了几十年，那里的一山一水、一景一物都像彩色胶卷一样留存于我心中，要说写生的话，我能一点不差地把它们搬在纸上。可是，留存于我心中的云连山的景物，那是在我没与外界事物接触之前获得的印象。现在我东去过泰山，观过大海，南登临过黄山、庐山，祖国的名山大川尽收于胸。回头联想到自己生活过几十年的云连山，就更感到云连山有一种不同寻常的独特的美妙之处了。它既具有泰山的雄奇巍峨，又具有黄山的秀丽隽永，还散布着许许多多各具特色的小家碧玉般的小景点。将近20年没回过云连山了，我这次去，是想找找新认识，获取新发现。你们不是常说，山水画也要体现时代精神吗？不再去看看云连山，怎么能摄取她的灵魂精髓？”

王墨点头称是：“对对对，该去该去，石老的一番教诲点醒了我：太阳每一天都是新的，艺术的追求是永无止境的！”

王墨替石老整理好行囊，背在身上，再加上一块画板和水壶，递给石老一根手杖，年轻人负重，老者轻装，动身往云连山进发了。

进入云连山脉，道路就呈弯弯曲曲，跨过几道小溪涧，绕过几座小山包，二人来到云连山主峰前的一道峡谷前。从峡谷上的木桥一过，就是更为崎岖的登山的小路了。峡谷桥头的一端，依山建起了一座小屋，主人在这里开起了一爿饮食店，进山的人必先在这里小憩，或吃饭，或饮酒，养足了精神再走。石老和王墨进得店来，拣了一张靠窗的桌子坐下。点过了菜，主人问要不要酒，石老听到有“长寿养生酒”，就要了一杯，王墨则要了一瓶啤酒，两人对饮起来。

这小店生意不错，此时已近中午，进店吃饭的人不少，多是些进山烧香拜佛、游览观光的游客，也有些脚力挑夫。正当师徒两人喝得微微有些醉意凭窗赏景的时候，他们的桌前来了一高一矮两个食客，看样子像两个送货进山的挑夫。瘦高个约30多岁，冲石老、王墨一笑：“二位老师，打挤点。”石老、王墨赶紧招呼：“请，共坐无妨。”店家来到二位壮汉面前问：“李五，刘九，你们今天吃啥？”胖汉说：“老规矩。”店家迅速端来一盘豆腐干，一盘花生米，一小碟牛肉，然后是一瓶“长寿养生酒”。二人你一杯我一杯津津有味地当着两位斯文人大喝大吃起来。

石老见两位挑夫喝的也是“长寿养生酒”，像找到了知己，主动搭话道：“二位师傅，你们也爱喝‘长寿养生酒’呀。”

两位挑夫停住了手中的酒杯，仰头答道：“是呀，是呀，我们也爱喝寿酒！”

“为什么呢？”

“嗨，你老对酒还外行呀？”二人干脆放下酒杯，停下筷子，你一言我一语地说开了。

“喝寿酒，不伤身，解疲乏，壮筋骨，长脚力。我们挑东西上山走上三五里路不歇脚也撑得住。”

“寿酒不贵，我们喝得起。这么好的酒，才四块五一瓶，只比白酒贵一点。”

石老笑道：“嗬，寿酒这么好，在这山里能经常喝到吗？”

胖汉答道：“能，这酒我已喝了三年没断过档呢。”

瘦汉说：“可听说城里不好卖呢！”

石老问：“为什么呀？”

瘦汉道：“城里那么多名酒，补酒，这金奖，那银牌，多得让人眼睛都看花了，谁还瞧得起咱乡镇企业生产的寿酒呀！”

四人边喝边聊，胖汉脸红红的，故作神秘地对石老、王墨说道：“你们二位老师知道吧，这寿酒上的画，还是我们这山里出去的大画家画的呢。”

王墨刚“嗯”了一声，石老用手在桌下扯了王墨一把：“哦，你们知道是谁画的吧？”

“哎，谁不知道呢，就是大名鼎鼎的石丹青！听说厂方给了石丹青10万元酬金，啧啧啧，一张小画值10万元，顶我们挑一辈子担子呢！大画家可发大财了！”

石老像兜头挨了一棒，脑袋里嗡嗡的：好家伙，没经我的允许，侵占了我的知识产权，我没过问就算便宜他们了，还猪八戒倒打一耙，诬我收受了他们的巨款，这还有什么天理？

等两个壮汉一离席，石老就气愤地对王墨说：“走！我们回去！”

王墨有些不解：“怎么，不上山写生啦？”

石老叹道：“唉，别人偷了你的东西，又在你脸上抹上一团黑，你会有好的心情去写生？人家已把刀架在了我的脖子上，我还能再表示沉默？走，回去打官司去！”

（三）雨前风满楼

第二天，石老在王墨的陪同下，来到了云连市律师事务所，找到了本市著名的律师郑庭宣先生。郑律师听完石老对案情的介绍后，欣然接受了委托，准备代替石老同醉仙酒厂法人代表张楷煌厂长打官司。

画家石丹青要打官司的消息不胫而走。当天晚上，云连电视台捷足先登，做了独家新闻报道，电视台记者就此事采访了郑律师。

郑律师回答记者说：“醉仙酒厂侵权的事实很明显：其一，醉仙酒厂未经画家石丹青的许可，以营利为目的剽窃石丹青先生的作品作为商标，违背了《中华人民共和国著作权法》；其二，醉仙酒厂厂长张楷煌称，付了10万元酬金给石丹青先生，而石丹青先生却从来没收到过这笔钱，这种莫须有的付酬说法给石丹青先生造成了极大的精神损害和名誉损失，侵犯了公民的人身权利。”

接着记者又追踪采访了醉仙酒厂厂长张楷煌。张厂长一口否认采用了石丹青的画作，既然没采用石丹青的画作，付给石丹青10万元酬金的传言自然就不复存在。并声称商标是本厂设计人员设计的，不存在侵权的问题。

接下来的几天，电视台的《法制纵横谈》栏目可热闹啦，许多观众针对这个问题纷纷来稿来信发表自己的意见，真是仁者见仁，智者见智，让观众大开了眼界。

紧接着，《云连晚报》、云连人民广播电台，还有其他一些小报、专刊都就石丹青状告醉仙酒厂一事开辟了相应的专栏，或追踪报道，或专题讨论，或名人谈法，闹得整个云连市沸沸扬扬，妇孺皆知。

半个月过去了，谁都知道云连市有个醉仙酒厂，醉仙酒厂的厂长叫张楷煌，醉仙酒厂生产的“长寿养生酒”的商标是剽窃著名画家石丹青的作品……

（四）出水两腿泥

法院民事庭经过调查取证以后，在公开审理此案之前，还有一个调解程序。李庭长通过郑律师找到了画家石丹青。

李庭长对石老说："张楷煌已经承认借用了您老的字画作商标用，他觉得对不住您，愿意向您赔礼道歉，赔偿您的经济损失。"

石老冷笑道："左一个赔偿经济损失，右一个赔偿经济损失，硬是要让我往钱眼里钻？难道我打官司仅仅是为了在经济上向他索赔？想我石某自律一生，名誉上受到的伤害如何能赔得清？"

李庭长进一步建议："我可以把您的意见向张楷煌同志转达，希望你们能握手言和，携手共进。"

石老拂袖而去。

第二天，张楷煌亲自登门谢罪来了，石老极不情愿地接待了他。张楷煌态度十分诚恳地说："石老先生，我是张楷煌，前来向您赔罪，我厂没经过您老的允许，擅自借用了您老的字画作商标，现在向您老赔礼道歉、赔偿损失……"说着从密码箱里拿出了一个胀鼓鼓的文件袋，恭恭敬敬用双手捧给了石丹青，"这是20万元钱，希望石老笑纳，也许不足以赔偿您老的损失，这只是我们的一点心意。"

石老挡过张楷煌递来的钱袋，正色道："其他的事先不说，我只问你一句，为什么要那么做？"

张楷煌嗫嚅道："这个……这个……我们错了，极端地错了，请石老能原谅我们！"

"错，明知是错为什么还要做呀？难道你做了还不能说？"

“石老消消气，我真诚地向石老认罪赔礼：第一，向石老公开做检讨赔罪，在电视上也行，在晚报上也行，只要你石老一句话，我愿意在任何公开场合向你赔罪；第二，这20万元钱赔偿石老的经济损失和名誉损失，今后可以视我厂的经济效益再给您老提成；第三……”

“好了，好了，你如果是真心认错，就谈谈你为什么要这样做，不然我们就对簿公堂，让法官断个是非曲直！”

“这……这……真要我说呀？那好，我就把实情告诉您！”

张楷煌所在的龙潭镇醉仙酒厂是一个乡镇企业，有100多名职工，三年前他接手这个厂时，厂里已是负债累累，亏损100多万元，职工们戏称他们厂人人是欠债万元户。张楷煌接过这个烂摊子后，从劳动用工、工资分配等制度方面着手，大胆进行改革，使劳动生产率大增。接着又从科研院校引进技术人才，研制出“长寿养生酒”等一系列新产品。产量和质量都上去了，可销售却成了大问题。很明显，“长寿养生酒”的质量和售价都优于其他许多酒，可各地烟酒公司就是不来订货，只能在本地乡村售出一部分，库房里堆积如山的产品令厂长和全厂职工头疼。

听到这里，石老插了一句：“那你们就打广告呀，知道的人多了销路自然就畅了！”张楷煌说：“我们打了广告呀！广告费花了好几万，仍没收到好的效果。想想倒也是，市场上那么多的名优酒，谁会留意你这种名不见经传的‘长寿养生酒’呀？”

石老仿佛忘记了自己的个人恩怨，反倒替眼前的被告打起了主意：“你们厂也可以参加评酒会呀，去拿个什么金奖、银奖的，不就身价百倍了吗？”

张楷煌摇了摇头：“参加评奖，我们何尝没想过，可那要钱，有了钱，还要有门路送上去。当时厂里经费那么困难，我们厂经济最困难时，曾经连续半年没给职工发过全工资。厂里养不活职工，职工们都纷纷回家种地去了。真令人寒心呀！”

石老不禁为醉仙酒厂百十人的生计问题担忧起来了：“那……那……咋办？现在想出办法来了没有？”张楷煌苦笑了笑：“石老，不怕您怨恨我，实话对您说，用您老的字画做我们厂产品的商标，我们是故意这么做的。我们是被逼得无法，才行此下策的啊！”

石老复又恼怒起来：“什么？故意这么做，这是为什么？”

张楷煌诚恳而又痛心地说：“石老先生，请您息怒！现在我彻底向您老交代我们的错误动机、违法经过。这个主意是来我厂支援的一名科研人员出的，他见我们厂产品质量这么好，却没有销路，就说是产品没有名气，要迅速提高产品的知名度，最捷径的办法就是和名人打官司。于是我们就有意地用了您老的字画作为产品的商标，目的就是要引起您和我们打官司。我们有意给您送去了‘长寿养生酒’后，哪知您收下酒后却无动于衷，这可把我们急坏了。后来知道你要上云连山写生，于是我们就找到了经常来我厂小批量进酒的两位挑夫，如此这般地向他们面授机宜……”

石老气得胡子直吹：“馊主意！馊主意！这简直是乱弹琴！”

张楷煌说：“这点子是有点烂，可却收到了意想不到的效果。石老先生，您知道吧，自从您要与我厂打官司的消息传出去后，我厂生产的‘长寿养生酒’销路大开，现在已是供不应求了。”

石老有些吃惊：“真有这么大的作用？我还能帮你这么大的忙？”复又正色道，“那官司我不打了，我立即通知律师去撤诉！”这一招却使张楷煌厂长始料不及，他顿时显得手足无措：“石老，您这……这……”

石老忍俊不禁：“你这路是走歪了。你要提高产品的知名度，为什么不先来找我？你们生产的酒确实是好酒，我爱喝，其他许多人也爱喝，有了这一点，我就愿帮你们的忙。我这就给你们重新设计个商标图案，用工笔重彩，比你现在用的还要醒目得多！你们就名正言顺地宣传是我石某给你们特意设计的！”张楷煌大喜：“谢谢石老的鼎力相助，这酬金嘛，好说！好说！你老先拿上这20万，回头再给您翻个个儿！”

石老严词以拒：“钱我是一分也不要，我是为了你们厂100多号人的生计，还要让更多的人喝到这价廉物美的好酒。张厂长，请你赶紧回去做好三件事，这比给我的报酬更重要：

一、产品质量一定要保证，要在以前的基础上再提高一步；二、以后再也不要做找名人打官司的蠢事了；三、代我向醉仙酒厂的各位乡亲问好。你做好了这三件事，就算是对我的理解和支持，这比给我的酬金更重要。”

张楷煌再三地谢过了老画家，乐颠颠地回厂去了。

天堂的儿子犯了事

当李山林夫妇还没走出失去儿子的痛苦阴影时，却有两名警察找上了门，郑重地告诉他们，他们的儿子李天竹在外犯了事，要求家属积极配合公安部门追查犯罪嫌疑人。死去的儿子在外犯了事，这怎么可能？夫妻俩心中都不由一个寒战，一下被震懵了。李山林忙向警察解释："我儿子已去世一个多星期，我们全村人一齐将他送了葬，已入土为安的人怎么可能会去犯事？"两名警察对此也感到不可思议。

儿子李大竹是半个多月前带着一副病容从南方回到家里的，父母看他病得不行，要送他去住院，儿子说："不必了，该住的医院都已经住了，我的病是治不好的了，还是为家里省点钱吧！"没几天，儿子就眼睁睁地在两位老人面前死去。白发人送黑发人，原本是十分悲哀的事，现在竟又鬼使神差地活了过来，还在外面犯了事，难道这是在梦里？可两名警察说得那么认真，叫人不得不相信。莫非这次儿子又是一次“假死”？

李天竹12岁时，不慎掉到了山湾的水库里，被人捞救上岸后，虽然经过人工呼吸等抢救手段，但还是停止了心跳和呼吸。一家人忙着替儿子办后事。当儿子的遗体在家里停放了两天后，突然睁开眼坐了起来，吓得父母和所有在场的亲朋好友都惊呼：“诈尸了！”后来医生解释说，这是医学上的“假死”现象，其实溺水人的大脑当时并没有真正死亡。这次儿子死了后，李山林真希望儿子又是一时的“假死”，专门请了医生来家里诊断，医生说确系死亡。父母仍存有一线希望，将儿子的遗体在家里停放了三天，看看确实不能“死而复生”，才下葬了儿子。难道儿子的生命又一次出现了奇迹？

李山林问两位警察：“你们说我儿子在外犯了事，有什么证据？”其中一位警察说：“我们在犯案现场找到一部手机，经查手机的主人就是李天竹。”李山林记起了，儿子下葬时，他有意把儿子最心爱的手机放进了棺材陪葬，虽然明知道再也不能同儿子通话了，但表示父母随时都牵挂着在天堂的儿子，也算是做父母的一种心理安慰。他猛然想到，他放手机这一举动被当时在场的不少人看到了，会不会有人见财起意，挖开儿子的坟墓盗走了手机，然后拿着这部手机在外犯了罪？他把这一疑问告诉两名警察后，带着警察就往山上走。

到儿子的坟墓跟前一看，坟墓却是一座空穴，还被草草地垒成了一座假坟，墓碑上“李天竹”三字也被泥土覆盖住了。儿子真的复活了！李山林吃惊之余，却又暗自庆幸：儿子既然活着，只要犯的不是死罪，他老两口就又有了盼头。他向两名警察表示，不管儿子犯的什么罪，他都有这个觉悟，一定会好好地配合警方，千方百计地寻找儿子，动员儿子去自首，积极改造重新做人。警察告诉他，这桩案子十分重大，从现场分析，是三名嫌犯奸杀了一个姑娘，李天竹是不是首犯，还不能确定。

李山林和妻子菊香商量，儿子十分孝顺，他迟早会与家里联系，咱们就在家里好好地等儿子的消息。可过了半个月，儿子的消息没等到，却等到了一封写给儿子的来信，李山林拆开一看，是儿子的女朋友写给儿子的：

亲爱的天竹：

给你打了多次电话，你都不接，只得写信给你。

我们的爱情已经到了谈婚论嫁的地步，你怎么说走就走了呢？其实你的病是可以治好的，虽说要花一大笔钱，但欠下的债我们可以慢慢来还。

毕竟天地间人是第一宝贵的，快回来吧，你的困难让我们共同面对。

永远爱你的小翠

老两口很为儿子女朋友的真情感动。李山林准备到深圳去通过小翠找到儿子，菊香说："不妥。小翠都以为天竹在我们家，说明她并不知道天竹的去向。你去找小翠，还不是白跑一趟？"李山林只得仍旧待在家里静候儿子的消息。

可又过了两个月，依然没有儿子的一点音讯。到了年底，家中收到一张寄自深圳某单位的获奖证书，获奖人就是儿子，同时汇来了一笔奖金。这么说，儿子复活后又找到了工作，还在工作单位获了奖，说明他表现不错嘛，他这么优秀的人怎么会去犯事呢？他可没这么糊涂呀！他很可能是掉了手机，被别人拾到后去进行了犯罪活动，唔，很可能儿子是被栽赃陷害了。李山林准备去儿子工作的单位，把事情弄个明明白白。他再三嘱咐菊香，家中如有儿子的消息，就要立即告诉他。

李山林来到深圳后，找到了儿子工作的单位。企业负责人告诉他："李天竹过去是在我们厂工作，可他已辞职离厂三个多月。考虑到他在职时表现非常突出，我们还是把年度先进生产者的称号评给了他。"这么说，这个工作单位，却是儿子回家前上班的地方，儿子仍然去向不明。李山林失望极了。

李山林辗转打听，终于找到了儿子的女朋友刘小翠。刘小翠说，自李天竹不辞而别后，她一直都在寻找他，可没有一点天竹的消息。她还向这个未来的公公提供了李天竹许多在外工作和生活的细节，有的细节非常感人。是呀，这么优秀的儿子，怎么可能在外犯事呢？一定有他们不可知的情况和原因。

李山林与刘小翠商定，咱们就都继续分别去寻找天竹吧，谁有了消息都相互告诉一声。

李山林准备在深圳住下来寻找儿子。可在外得花销呀，好在他过去干过泥瓦工，于是就在一个工地找到了一份砌砖的工作。经摆谈，他所在岗位的工长王长生，与他是只相隔一个县的老乡。只不过李山林的家乡处于深丘，而王长生的家乡则是在山高林密的高山地区。老乡见老乡，两人自然十分亲热。王长生了解到他的情况后，很是关照他，也发动工友们一起来帮他打听和寻找李天竹的去向。李山林很是感激。

李山林就这么一边打工，一边利用节假日出外寻找儿子。可转眼一年都快过去，跑了不少路，经过不少波折，甚至还受了所谓“知情者”的骗，也没找见儿子。眼看就到了腊月，王长生邀他一道回家去过春节，李山林也想回家去看看菊香，两人就一道同行。

火车上，王长生看李山林闷着头，很不开心，就借带的东西多为由，请他帮一帮忙，先将自己的行李一同带回家里，实则是想让他到自己家里玩几天，散散心。李山林当然乐意帮朋友的忙，热情地点头同意。

两人下了火车，又转乘公共汽车，然后扛着大包小包，要走一段山路才能到王长牛的家里。路上，经过了 片山村里的乱葬岗时，李山林不自觉地把目光往路两旁的坟堆望去。随着前行的步子，他的眼光扫来扫去，突然停留在了一座坟墓前的墓碑上。他不敢相信自己的眼睛，急忙凑近一看，墓碑上刻着两位死者的名字，其中一个名字赫然是“李天竹”！另一个名字是“王兰芝”，显然是一个女性的名字。看得出来，这是一个夫妻合葬坟。

这是怎么啦？难道儿子离开刘小翠，是因为不喜欢刘小翠而逃婚？儿子刚刚死而复生，怎么又会跑到一个小山村里，与另一个姑娘成了亲？成了亲的儿子，怎么又会夫妻同时双双去世？坟墓里的“李天竹”，到底是与儿子同名同姓的另一个人呢，还是就是儿子本人？带着这一连串的疑问，一到王长生的家，李山林就立即向王长生提出，他要去了解了解这座墓的主人。王长生考虑了一会儿，对他说：“你不熟悉村里的情况，陌生人去了会碰钉子。还是让我先去摸摸底吧！”

隔了许久许久，王长生才蔫不啦叽地回来了，他郁闷地对李山林说：“情况复杂得很，我一两句话也说不清。咱们还是报警吧！”

第二天一大早，李山林就和王长生一道，到镇派出所去报了案。镇派出所警官对他们提供的情况很重视，表示一定会把事情查个水落石出。叫他们回家等着，一旦案件有了结果，就会及时告诉他们。

李山林再也无心在王长生家“散散心”了，他赶回了自己的家里，和菊香耐心地等着消息。这一等，就是一个多月，终于盼来了警官的通知。

警官告诉老两口，由于李大叔提供的情况十分重要，他们顺藤摸瓜，终于查清了一系列重大案件，抓获了一个犯罪团伙。

原来，李天竹此次下葬，并未“死而复生”，而是真正地去世了。李天竹一入土，就吸引了一伙人贪婪的眼球，这伙人当天晚上就迫不及待地将李天竹的遗体盗出。他们盗走李天竹的遗体干什么呢？这得从当地山区一种愚昧落后的习俗谈起。当地的青年男女不幸早夭后，当父母的就很为自己的子女在阴间孤单的日子担心，他们就千方百计地想为去世的子女配上一门“阴亲”。可是，合适的人家哪里去找呢？于是就催生了一种买卖年轻死者尸骨的畸形交易，因而也就催生了一种新的毒瘤罪孽—— 盗卖坟墓中的尸体。

原来是这么一回事！绕来绕去，是儿子的手机揭开了这个肮脏的盗尸团伙一系列的犯罪行为。经过反复思索，李山林也想通了：儿子与王兰芝配了“阴亲”，王兰芝的父母固然愚昧可悲，可他们的怜女之心也是可以理解的，就不必再去对他们加以指责。

让儿子的灵魂安息吧！

飞进绑架案的鸽子

刘一飞下班回到家才猛然想起，妻子早晨离开时就有交代，她要参加他们单位组织的为期7天的外出旅游，让他每天下午6点钟准时到幼儿园去接儿子。刘一飞一摸衣袋，却没有幼儿园发放的接送卡，他赶忙打电话给在外的妻子，问她是不是忘记把洋洋的接送卡给他了，妻子回答：“怎么没给你？早晨我送了洋洋上学后回家，亲手将卡交到你手上的，你再找找看！”刘一飞说：“到处都找遍了，都没有呢。”妻子急了：“还不快到幼儿园去，把情况说明，接回孩子！”刘一飞这才急忙地赶到小天使幼儿园，可是晚了，幼儿园的老师说，刘洋已被一个持卡的40多岁的中年妇女接走了。刘一飞感到纳闷：这个中年妇女会是谁呢？可别遇上一个拐卖儿童的人贩子啊！

刘一飞是信息研究所的一名工作人员，幼儿园的接送卡还是他建议并帮助设计的。现在看来，这个接送卡的设计存在疏漏，出于职业的习惯，他马上考虑到应该设计成一张磁卡，家长将预设的密码输入磁卡内，刷卡通过后方可接人，这样就可以避免接送卡遗失后孩子被别人冒领了。

刘一飞回到家，马上打电话到亲戚、朋友和洋洋可能到的地方去询问，结果都回答说没见到洋洋的人影。此时妻子又打电话回来询问洋洋的情况，刘一飞担心妻子着急，只得先用假话搪塞："啊，我搞忘记了，我把接送卡给了大姐，洋洋被他大姑接去了。"妻子这才放了心。

刘一飞正急得不知怎么办的时候，他的手机响了，传来了一个恶狠狠的年轻人的声音："你是刘一飞吧，你的儿子现在在我的手里！你赶紧给我送20万元钱来，我就还给你儿子！"天哪，儿子竟是被绑架了，刘一飞被惊出了一身冷汗！救儿子要紧，但他哪里能拿出20万元的赎金？他与绑匪经过一番讨价还价后，最后绑匪做了让步，答应10万元放人。绑匪警告他，不许报警，如果报了警，就只能得到儿子的尸体。

经过再三考虑，刘一飞还是报了警。警方对这桩幼儿绑架案十分重视，立即成立了专案行动组。专案组决定，首先应找到从幼儿园接走刘洋的中年妇女，弄清中年妇女与绑匪之间的关系，然后顺藤摸瓜，抓到绑匪，解救孩子。警方嘱咐刘一飞，绑匪再来电话时，尽量与他周旋，拖延时间，以便从电话中查到绑匪所在的位置。

第二天，绑匪又给刘一飞打来电话："钱准备好了吗？"刘一飞故意在电话里与他拖延："还差两万，有一个朋友答应借给我，他过两个小时后给我送来！""那好，明天中午一点钟交钱，到时我会通知你具体地点！"刘一飞担心绑匪有诈，提出要听听孩子的声音。绑匪说："你放心，你的孩子活得好好的！"说着一下就挂断了电话。

警方通过电信局查到，绑匪打电话使用的是充值卡，没留下身份证号码，通过电话寻找犯罪嫌疑人这一条线索断了。

不一会儿，绑匪又来电话了，里面传来了儿子的哭喊声："爸爸，快来救我！"作为一个科技工作者，刘一飞一下就听出了破绽："不对不对，你这是放的录音，快把我的儿子叫来，我要跟他通话！""唉，你这个人怎么这么啰唆？你儿子真的没事，你要是不相信，你要问他什么，尽管说来！""好吧，洋洋，我们约好的，这个星期天要到哪里去玩，你记得吗？"隔了好一会儿，才听到电话里传来孩子的声音："爸爸，说好了的，我们要到游乐园去玩，你快来接我啊！"虽然仍是放的录音，但儿子对住了他的问话，说明儿子的生命没出问题。刘一飞放心了，他估计藏孩子的地方通不了电话。

约定交钱的时间快到了，绑匪才来了电话："你赶紧打的到二号桥头，只准你个人前去，我们一手交钱，一手交人！"

警方获此消息，赶紧重新做了部署。刘一飞带着钱包，匆匆赶到位于东郊的二号桥头，等了许久，都不见有人上前搭理。此时他的手机响了，绑匪又突然把地点改在更为偏僻的西山脚下。刘一飞又急急忙忙赶到西山脚，在那里转悠了一个多小时，也不见绑匪露面，他只得失望地回到了家里。

晚上，刘一飞在家门前收到了一封信，信封里只有一张超市的寄物存根。不一会儿，他的电话就响了，绑匪告诉刘一飞，他不要现金了，他要刘一飞将钱打在信用卡上，必须按照他提供的数字设置密码，让他把信用卡放进超市的寄物箱里。警察在一旁听出了绑匪的用意，认为这是一个抓住绑匪的机会，忙点头向刘一飞示意，刘一飞赶忙在电话中表示："行，明天我就去银行办理！"

谁知刘一飞第二天从超市的寄物箱取出的一只饼干纸盒里，放着的却是两只活生生的鸽子！这是一对信鸽，信鸽的脚上，各系着一个小布袋。绑匪的用意很明显，是要让刘一飞将信用卡放进小布袋里，让鸽子给他把卡带回。这就是说，绑匪不会来超市取卡了，警方在超市抓捕绑匪的计划落了空。用无辜的信鸽作为绑架诈钱的帮凶，真是见所未见，闻所未闻，这绑匪为达目的真是绞尽了脑汁！警方不同意将信用卡放进小布袋，认为鸽子一飞走就没法跟踪到它的去向。刘一飞则担心如不把卡让鸽子送去，绑匪会丧心病狂地撕票，儿子的生命重于一切。经过慎重考虑，警方决定让刘一飞将10万元打到10张卡上，让绑匪到银行多次提款，警方才有更多擒获他的机会。

却说绑匪李智，是住在城郊的一个失去土地而又不愿意接受工作安排的农民。他好要点小聪明，成天都梦想着发财，却总找不到发财的机会。这天，他无意中拾到了一张幼儿接送卡，仔细一看，上面有幼儿的姓名和照片，还有父母的姓名和联系电话。于是他眉头一皱，计上心来，一个发横财的罪恶计划就在他头脑中形成。他知道，这种绑架案的风险很大，他得处处设防，步步为营，既要让发财梦成真，又要躲过警察的眼睛。于是，他在劳务市场上找到了一个中年妇女，先给了她100 元钱，让她持卡去把洋洋接出。然后又给了她500 元钱，告诉她像她这种年龄的女人在城里不好找工作，让她依旧回乡下去。中年妇女听从了他的话，拿着600 元钱回家去了，警方自然无从查到她的踪迹。

李智连哄带骗地将刘洋带到了自己的家，将他锁在了家中以前储藏红薯的地窖里。他敲诈刘一飞10 万元赎金，两次都在约定的地点，偷偷地看到了背着钱包的刘一飞在那里焦急地等人。他看出刘一飞以钱赎人是有诚心的，但又担心周围有警察埋伏，为保万无一失，他才改用自己驯养的信鸽帮忙。他不由为自己主意的高明而得意忘形：哈哈，用鸽子去带回信用卡，我不用抛头露面卡就到了我的手里。你刘一飞要是在卡上搞什么名堂，我在银行里没取到钱就不会放人，难道你刘一飞还敢拿自己儿子的性命开玩笑不成？可是，寄物存根已经交给刘一飞一天了，怎么还没见鸽子飞回？难道他真的在搞什么鬼？他赶紧打电话给刘一飞。刘一飞说，信用卡已经办好了，他妻子突发疾病住进了医院，他现在守在病房里，马上就抽时间去一趟超市，请他稍等一会儿。

一个多小时后，两只信鸽扑腾腾地飞回到他家的鸽笼里，李智赶紧从小布袋里取出一看，每只袋里都放着3张信用卡，其中一只袋里还夹有一张刘一飞写的小纸条："爷：为方便你随时提款，我为你办了10张卡，每只鸽子只能带走3张，还有4张卡等我儿子放回来后，我会用同样方式带给你！请爷放心！我求你了，高抬贵手，快放回我的儿子！"李智不禁暗喜：虽然只收到6万元，但这没一下子给全的6万元，反而让人感到真实，使人放心。他想，既然6万元已经到账，孩子还在我的手上，剩下的4万元还怕你赖账不成？正当他沾沾自喜的时候，一群警察从天而降，以迅雷不及掩耳之势，将他逮了个正着。警察明确地向他指出，刘洋就藏在地窖里，李智只得乖乖地在前面带路，警察很快就从地窖里解救出了孩子。

这是怎么一回事？警察为什么能迅速找到绑匪藏身的地址？原来，刘一飞所在的信息研究所，应某自然保护区的要求，研制成功了一种微型的传感识别器。这种微型传感识别器可以植入野生动物的皮下，从而跟踪野生动物的行踪，了解它们的生活习性。绑匪用鸽子传递信用卡时启发了刘一飞，刘一飞征得警方和所里的同意，将一枚传感识别器植入其中的一只鸽子的体内，并协助警方利用跟踪仪及时掌握了信鸽的行踪，从而准确地找到了犯罪嫌疑人。

李智虽机关算尽，他怎么也没想到，作为他得力帮凶的信鸽，却成了帮助警方破案的功臣！

叫卖亡灵

柳闻莺是大学心理学专业的学生，已读大三了，正着手准备资料写毕业论文。暑假里，她来到一个边远的山区做社会调查。

这天，她在一个小集镇上闲逛，忽然听到一个女人哀哀的叫卖声："卖——亡——灵咯！卖——亡——灵咯！便宜贱卖咯！"声音带着长长的拖腔，尖锐刺耳，直往人的心尖尖上扎去。柳闯莺感到奇怪，只听说有为死去的人喊魂的，从没听说过有叫卖死人亡灵的，这叫卖声的后面一定蕴含着一段怪异离奇的故事。她好奇地循声一望，见前面不远处围着一堆人，叫卖声就是从那里传出来的。

柳闻莺走近一看，人群中围着的是母女俩，她们的身前立着一个灵牌，相框里摆放着一张男人的照片。母亲其实很年轻，不到30岁；女儿也就五六岁的光景。母亲有气无力地叫喊着，女儿怯生生地依偎在她的身旁。柳闻莺想向年轻母亲了解事情的真相，可一见周围围着那么多人，想来这事一定有不便告人的隐秘，也就没有开口。人群中却是议论纷纷。有的说，男人死了，女人活得艰难，也不能把死去男人的亡灵拿来卖钱呀！有的说，男人死了，你要改嫁，你嫁人得了，怎么能作践死去的男人呢？人群中有人摇头，有人叹气，有人表示不可理喻。

等人们逐渐散去后，柳闻莺靠了上去："大嫂，我是一个外地来的大学生，也是一个青年志愿者。请问，我能为你提供什么帮助吗？"

年轻母亲只是"谢谢，谢谢"地道谢个不停，却称"此事你帮不了忙"。后来在柳闻莺的再三讯问下，年轻母亲看女学生这么热心，也没什么恶意，这才道出了事情的原委。

她叫王秀英，住在靠山村，6年前嫁给了同村开小四轮货车的李大为。小两口婚后也还算恩爱，一年后生下了女儿巧巧。李大为重男轻女的思想十分严重，自从女儿降生后，就不拿好脸色给妻子看，常常变着法子虐待王秀英。对巧巧更是嫌弃和鄙视，从不拿正眼瞧她一下，女儿要是稍不合他的意，他不是拳打，就是脚踢。女儿一见到父亲就犹如见到阎王爷，吓得浑身筛糠似的四处躲藏。要是母女俩在家里时，女儿调皮不听妈妈的话，只要妈妈说一声"爸爸来了"，女儿就一下被镇住变得乖巧了。

王秀英母女俩就在这无休无止的折磨和歧视中艰难地过着日子。后来，丈夫突然遭遇的一场车祸改变了母女俩的命运。丈夫遇车祸去了，家中没有了经济来源，丈夫的打骂声倒是没有了，生活却没有因此而变得宁静。为什么呢？巧巧不知从村里哪些老人那里听来的故事，说是人死了，他的灵魂还会回来做他生前没做完的事。巧巧本来就十分惧怕他的爸爸，现在听说他爸爸的鬼魂要回来作怪，吓得成天魂不守舍的，白天吃不下饭，晚上连觉也睡不安稳，小小的年纪心中就搁了事。眼看着孩子的身体和精神一天比一天差，王秀英急得像热锅上的蚂蚁。后来，村里的人给王秀英出了一个主意，叫她到集上去把丈夫的亡灵卖了，丈夫的亡灵才不会回来骚扰家庭，而且要当着女儿的面卖掉，女儿才会相信。于是她母女俩就来到了集上叫卖亡灵，已叫卖几天了，可谁会愿意将别人家的亡灵买回来自己供着呢？

柳闻莺听完这个荒诞的故事，是又好笑又好气，心中却是隐隐作痛，不禁可怜起眼前既愚昧又无知的母女俩了。她说：“大嫂，我能开导开导这位小妹妹吗？”王秀英点了点头。于是，她给巧巧讲，世界上本没有什么鬼魂，是人们瞎编出来自己吓自己的。她还给巧巧讲了许多科学道理，要巧巧不要相信那些封建迷信的东西。巧巧睁大迷惘的双眼，似懂非懂地傻望着，仍然畏畏缩缩地往妈妈怀中贴去。

由于时间太晚了，柳闻莺告别了母女。过了几天，柳闻莺仍牵挂着那对母女，她认为她当时处理问题的方式有点不切合实际。是的，她讲的道理是对的，可是，一个才5岁的孩子哪里能听得懂你这些大道理呀？她幼小心灵中的阴影并没有消去。我是学心理学的，我当时为什么不能变通一下，不必那么与迷信较真，装着煞有介事地买走她父亲的亡灵，让孩子的心安不是更奏效？唉，我太拘泥于原则，太不通人性了！她决定要找到这对母女，自己做出必要的让步和精神上的牺牲，为她们除去心中的忧虑。

可是，柳闻莺并不知道这对母女的确切住址，只依稀记得她们家住在什么靠山屯，哪知这误记住的靠山屯与母女实际居住的靠山村相距好几十里，她循着人们的指点阴差阳错地来到了另一个靠山屯。一个中年妇女听说她是找一对家中失去了男人的母女，赶忙回答说有这么一家人，并热情地领着她上门找寻。开门的年轻女人一露面，是个不曾见过面的陌生脸孔，她意识到不是她要找的人，欲礼貌地告退，可一眼瞥见了堂屋里桌子上摆放着的照片和牌位，分明是那天那对母女叫卖亡灵时见到的物品，她感到十分惊异，又见主人热情相邀，就不由自主地跟了进去。

客套地寒暄了一阵后，柳闻莺提出了她的疑问。女主人说：“看你是一个远道而来的学生，我可以告诉你我们家中的秘密，但你必须答应我一个条件。”“什么条件？”“为我保密，特别是在我的女儿面前不能提半句。”柳闻莺点了点头：“我答应你。”

女主人说，她是在出外打工时，被一个男人骗了，与这个男人有了一夜情。后来懵懵懂懂地知道自已怀孕时，人工流产已来不及了，她只得回到家乡悄悄地生下了这个孩子。孩子懂事后，常常问母亲：“我的爸爸在哪里？”她只得编着各种谎话来搪塞孩子，于是孩子时时都盼着能见到梦中的父亲。那天她去集上赶集，见到了叫卖亡灵的母女，于是就灵机一动：我何不买回这个亡灵，向孩子说你的父亲在外面已经死去，咱们好断了这个念想，不再日日夜夜盼望他回来了，好好过自己的日子。孩子一见到她“父亲”的遗像和灵位后，虽然哭得很伤心，但打那以后，再也不缠着妈妈要爸爸了，一下像成熟了许多。

柳闻莺心中不由一震：又是一个多么可怜的女孩，又是一个多么可怜的家庭！但这个男人的亡灵的一买一卖，看似愚昧的举动，却使两个家庭都得到安宁，却是柳闻莺所未曾料到的。她的心中一下闪过一道亮光：她的毕业论文，已经确定出一个全新的选题。

灵堂前冒出个孩子喊“爸爸”

余璞突然遭遇车祸，来不及交代任何后事，就离开了人世。妻子陶慧悲恸欲绝。

陶慧和余璞是一对恩爱夫妻。她俩大学里是同学，结为夫妻后又携手共同创业，养育着一个可爱的女儿，一家人日子过得甜甜蜜蜜。余璞对两边的父母都很孝敬，对陶慧疼爱有加，对女儿更是一个慈祥尽职的父亲。作为一个男人，余璞太优秀了，陶慧离不开丈夫，她真想随丈夫一道去。可是，她不能，现在一大家子的担子压在她的身上，丈夫未竟的事业需要她继承，她得振作起精神来撑起余家这片天。

就在余璞的追悼会接近尾声的时候，从大厅外走进一个妖艳的年轻女人，女人手中牵着一个约莫3岁的戴孝男孩。女人拖着孩子急匆匆来到余璞的灵堂前，指着余璞的照片对孩子说：“余继，这就是你的爸爸，你给你爸爸送送终吧！”女人说完即转身急惶惶地离去。

堂灵前突然冒出一个陌生的孩子冲着离世的余璞喊“爸爸”，这无异于在悲痛肃穆的追悼大厅投下了一颗重磅炸弹，全场顿时炸开了锅。人们不禁交头接耳纷纷议论：“想不到余总一世清名却毁在一个女人手里！”“啧啧，余总做这事真是隐秘，在外包二奶有了孩子都没露一点风声！”听着这些刺耳剜心的话，陶慧犹如遭到猛烈的一击，心中坚守的对丈夫的那种圣洁的情感也受到了巨大的冲击，但她怎么也不相信这会是真的。在爱情的忠贞这方面，她过去对丈夫实在是太信任太放心了，记得余璞生前曾对她说过：“慧，我是个愚钝之人，可能会犯各种各样的错误，但是绝不会做出对不起你的事！”不管外面的世界如何精彩，余璞都坚守着忠贞不贰的爱情，并且以他人格的魅力让众多生意上的朋友信服，把事业做得红红火火，同事和邻居谁不羡慕陶慧有一个可心和令人眼红的好丈夫。现在突然知道丈夫背着她在外包了二奶，并且有了一个孩子，虽然感情上很不舒服，但她觉得此事太过蹊跷，太过离奇。她冷静地分析，很可能是丈夫商业上的竞争对手或是仇家在暗中导演的这场闹剧。丈夫去世了，她不能让丈夫的清名受损，她决定为丈夫辨个清白。

丈夫下葬后，陶慧就委托了著名的律师杨正清调查和处理这件事。一个星期后，杨律师告诉她，那女人名叫柳絮，无固定的职业。柳絮承认她就是余璞生前在外包的二奶，并提供了她与余璞亲热时的照片，余继确确实实是余璞和她生的儿子。柳絮提出，根据有关法律规定，非婚生子和婚生子一样享有同样的权力，现在余璞去世了，余继也应享有对父亲遗产的继承权。因此，她正式向陶慧提出余继应继承余璞部分财产的要求。如果陶慧不将余璞留下的财产进行分割，作为余继的法定监护人，柳絮将通过法律途径来解决这场遗产纠纷。

怎么会是这样？真是来者不善，柳絮的目的不是要羞辱余璞及其家人，也不是要余继认祖归宗，而是冲着余家的巨额财产而来。陶慧忙请教怎么办，杨律师说，此事我得进一步调查和了解，如果真是余璞的儿子，你不认还不行，你就得依法行事，只好花钱买平安了。如果不是余璞的儿子，我会设法揭穿她的阴谋，叫她吃不了兜着走。

还没等杨律师将事情完全调查清楚，柳絮委托的李律师就找上了门。李律师对陶慧说，如果你不付给余继足够的抚养费，咱们就在法庭上见。陶慧此时虽然对亡夫心存怨恨，但毕竟是与自己恩爱了十多年的结发夫妻，没有必要把丈夫的名声搞得那么臭，况且商场上也需要维护丈夫已往的声誉。陶慧平静地对李律师说："行，我答应你，但必须做个亲子鉴定，如果余继真是余璞的儿子，我答应付给柳絮足够的抚养费。"

DNA检测结果出来了，余继就是余璞的亲生儿子。陶慧无话可说，在双方律师的协商和见证下，达成了财产分割协议。陶慧一次性付给了余继100万元的抚养费，由余继的母亲独立抚育余继，从此以后再不与余家有任何瓜葛。柳絮拿着100万元的支票喜滋滋地离去。

陶慧以为拿钱消了灾，从此余家会太平无事了，谁知一个多月后的傍晚，别墅里突然响起了急促的门铃声。陶慧打开门一看，见邻居李婆婆牵着一个小孩，小孩竟然是余继，余继呜呜地啼哭不已。李婆婆说，刚才有个年轻女人领着这个小孩，说小孩是来你家走亲戚的，出门后找不到回你家的路了，托我将小孩带到你家。余继则哭着说，是妈妈不要我了，妈妈叫我跟爷爷、奶奶过。什么？钱拿走了却不抚养孩子，身为母亲却将孩子推给别人，世界上哪有这样当妈的？陶慧气不打一处来，她赶紧驱车追出去，一气追了几十里地，可哪里还有柳絮的影子？

陶慧怒气冲冲地回到家里，看着蜷缩在沙发上的余继，心里像打翻五味瓶似的。她心中烦恼透了，大声呵斥着要将余继赶出家门。公公看气氛不对，借故躲进了卧室。婆婆满脸愧疚，一言不发。她知道，自家儿子在外做出这等丑事，就已经对不住儿媳了，现在还要无辜的儿媳来承担起抚养余继的责任，显然对儿媳很不公平。况且，家中三个老人还要陶慧照顾，孙女余虹也才8岁，公司的事也要陶慧操心，要儿媳收下这个孙儿，确实理亏。余继悲悲切切地啼哭着，并不愿起身离去。陶慧见孩子可怜，也就不再作声，可心中却难平静。婆媳俩都各自想着心事。过了一会儿，陶慧的母亲发言了："慧慧，暂时收下这个孩子吧，他的亲妈都不管他了，你叫孩子往哪去？"陶慧躲不过母亲恳求的目光，眼里噙着泪，十分委屈地点了点头。

第二天，陶慧委托杨律师去替她寻找柳絮。几天后，杨律师告诉陶慧，柳絮留下的身份证是假的，她早已退掉出租房离开了这座城市，很难再寻到她的踪迹。陶慧对这没脸没皮且骗人骗财的柳絮恨得咬牙切齿。

想着这就是柳絮那个害人精的孽种，陶慧虽然担起了抚养的责任，但在相当长一段时间里，都很难对余继产生母子间的那种感情。后来，在母亲的不断开导和启发下，又想到余继毕竟是丈夫留下的骨肉，他也是余家的子孙，并且是无辜的，才从心里慢慢接纳他。

这天，陶慧患感冒发烧昏睡在床上，余继静静地守候在她的身旁。见陶慧睁开了眼，余继怯生生地问："妈妈，好些了吗？你喝不喝开水？"陶慧不由心中一热：多好的孩子啊！陶慧微笑着点了点头，嘱咐孩子去叫外婆来倒开水。余虹放学回家，直嚷嚷着要吃肯德基，余继说："妈妈生病呢，姐姐，咱们今天不吃肯德基，好吗？”陶慧听了心中涌出了一股暖意：这孩子，小小年龄多懂事，多会体贴人，他已把我当作了他最亲近的人，谁说他不是自家孩子？从此后，陶慧完全把余继当作了自己的亲生儿子，时时嘘寒问暖，疼爱有加。公婆看在眼里，喜在心里，十分感激这个贤惠而又识大体的儿媳。

余继被送去读幼儿园了。一天，余继在幼儿园的接送车上，突然遭遇车祸，受了重伤，被送到医院进行抢救。陶慧急坏了，赶到医院央求医生，孩子已经失去了父亲，太可怜了，无论花多大的代价都要救活孩子！

孩子在紧急抢救中，动手术时血浆却告急。原来余继是罕见的RH阴性血型，血库里储存的这种血浆已经用完了。医生对陶慧说：“本不该问这个问题，但为了争取时间，还得要多此一问：你是不是余继的亲生母亲？”陶慧答道：“我虽不是余继的血亲母亲，但很愿意为孩子输血。请你们验一验我的血型，兴许能合上！”医生摇了摇头，但拗不过她的再三要求，抱着试一试的态度取了她的血样去化验。真是太巧了，竟然也是RH阴性型！据医生说，这种血型在人群中只有千分之三的概率。陶慧在心里直感慨：她的血能救活余继，她和余继真有母子缘啊！

陶慧几百CC鲜血缓缓流进了余继的血管，余继的手术成功了。陶慧日夜守在余继的身旁。三个多月后，余继康复出了院。

余继出院不久，杨律师就找上了门，他提出让陶慧母子俩去做做亲子鉴定。陶慧感到吃惊和不解："做亲子鉴定，有这个必要吗？余继的母亲明明是柳絮嘛，我与他的血型虽然相同，但这只是巧合，你怎么能往亲子上想？"杨律师道："还是做做吧，有了明确结果后，咱们才知道下一步该如何走了。"

一个星期后，亲子鉴定出来了，让人大感意外的是，余继竟然是她的亲生儿子！陶慧陷入了迷魂阵：真是太不可思议了！这怎么可能？这怎么可能？

杨律师解释道，你该还记得吧，四年前，你在医院里产下一个儿子，几天后你丈夫和公婆对你说，孩子夭折了。实际上当时孩子并没有死，而是被人偷走了。你丈夫和公婆怕你过分伤心影响身体，才编出了这套假话来断你的念想。现在亲子鉴定证明，余继就是你四年前在医院里生下的那个孩子，而柳絮则很可能就是盗走你孩子的人。陶慧仍不解：那丈夫与柳絮亲热的照片又该做何解释？杨律师说，那些照片，只有一张是真实的，即余璞与柳絮"母子"在超市购物的那张。但通过仔细观察，余璞与柳絮"母子"在超市里其实是各行其是，只是拍摄者巧妙地将他们装进一个镜头了。其余的照片，则是用电脑合成的。这说明，柳絮等人是一个有组织有目的的盗窃诈骗团伙，他们盗走余继的目的，就是想骗取你家的巨额财产。在这里需要提及的是，上次做亲子鉴定时，我们忽视了一个重要的环节：没让柳絮与余继也做一个亲子鉴定。只知道余璞与余继是亲父子，但并未确定柳絮与余继也是亲母子呀！

原来是这么一回事！差点被她拒之于门外的余继，竟是她失散了三年的亲生儿子！这么说，余继的到来，不仅让她母子团了圆，还为亡夫洗去了污垢和羞耻。这说明余璞至死都是一个清清白白的人！她不仅不应该怨恨柳絮，倒应该对她心存感激。杨律师说，你的这种想法不对，柳絮等人的行为已属刑事犯罪，触犯了法律，我们不应该姑息养奸，应该到公安局报案去。

陶慧笑着说，我听你的。但我仍是要感谢柳絮，她虽然骗去了我100 万元钱，却给我送回了世上最珍贵的东西。

—End—